# 有種，請坐第一排

蔡淇華——著

作者序

# 微光中的第一排

到達格林威治天文臺時，天空萬里無雲，春衫薄衣就入園了，等到從海事博物館出來，突然烏雲密布，劈里啪啦下起冰雹，一旁的陳寬定教授急忙拿下他的圍巾，叫我披上防寒。寬定教授總是如此細心照顧旁人，尤其是他的學生。

二〇一五年的師鐸獎參訪團中，寬定教授是整團的快樂發動機。二十年前，曾在世界奧林匹克廚藝大賽中，一人包辦雙金的寬定教授，放棄凱悅主廚的高薪，在李福登校長力邀下，創辦高雄餐旅大學西餐廚藝科，以教育將餐飲在臺灣的位階，提升到今日的高度。但如果他不說，沒有人知道他五年前曾罹患淋巴癌，而他養病的一年期間，四十個學生輪流到他家煮飯給他吃，用他教的烹飪技術。

爲什麼學生願意如此回報一位老師？那是因爲這位老師付出得更多。寬定教授把所有心思全花在學生身上，出錢出力，教技藝，更教品格。爲了栽培接班人，他向企業募款三百萬，送態度最好的學生出國；但條件是，回國後一定要投入教育，把臺灣學生再帶到世界上發光。

其實整個團的老師都像寬定教授一樣，念茲在茲的都是下一代的出路。同寢的楊志朗老師，推廣閱讀推到要爆肝，每個月還捐一萬五千元給學校買新書。

臺灣第一所生態學校——樟湖生態中小學——校長陳清圳忙著保護山林溪流，忙著教學生認識家鄉，忙著扶助弱勢，忙著用登百岳、騎腳踏車環島的方式，把學生的自信帶出來。「出來這幾天，一個學生說想校長，天天哭。」清圳校長雖是開著玩笑講，但我知道那是多少犧牲才帶出來的感動；是多少堅持才能得到的些微成果。

走到本初子午線時，雨勢漸小，團員們紛紛橫跨東西半球，踩在標準零度經線上——那條一八八四年在華盛頓會議由各國決定的虛擬線。那時，英國還是強權，但在政治與經濟皆進退失據的二〇一五年，英國教育當局漸漸轉向，要走回臺灣過去考試至上的老路，臺灣卻已決定往西方開放的傳統靠攏。

不管東西方教育，似乎都像今日格林威治的天氣一般，充滿了不確定感，但確定的是，在世界各國交流愈來愈快速的今世，單一的教育思維已無法應付瞬息萬變的世局。於是在出版了兩本書之後，我仍不斷思考要如何以教育爲經、能力爲緯，構建出下一代年輕人的青春盛世。

半年來累積了一些文字，今經時報出版公司結集爲《有種，請坐第一排》，我沒把握自己的文字是否能扛得起這麼磅薄的書名，但我有把握的是，像寬定教授、志朗老師、清圳校長和我，永遠都願意當小小的火種，照亮臺灣的青春世代，帶領他們在世界的微光中，找到屬於自己的第一排位置！

# 我有種，跟老師坐到第一排

學生 黃筱晴 Shelly

蔡老師是個怪咖，辦一堆與升學不相關的活動。他教我們班英文，卻每個星期五早自習教同學讀詩、寫散文，我不喜歡文學，所以高一時都躲在最後一排。

老師是圖書館主任，卻辦國際業務；同學請他指導國際網博，他卻帶同學去改善一中街，最近還帶同學去搶救楊逵的東海花園。他希望學生在體驗中學習，而我大概是體驗最多的吧！

國三時，跟他一起接待德州的交換學生；高一時，參加他創立的中臺灣模擬聯合國會議，還被他帶到波士頓與姊妹校簽約。高二時更瘋，參加他中午舉辦的「讓世界走進惠文」三十幾場次活動，認識三十幾個國家的朋友。老師也讓我有機會參與國際人權會議、擔任臺灣人權大使，最後採訪美國名模，與她成為泡三溫暖、談心事的摯友，甚至在家中開睡衣派對、半夜聊人生，即使請了幾十堂公假，我卻認為非常值得。

我曾懷疑蔡老師搞的一堆活動對我有什麼幫助？時間證明，跟著他的腳步走，一定獲益。他教英文卻不局限於教室內，我的英文反而更好！他教文學，讓我們這個不被看好的班級，拿下了全國網博第一、校刊全國金質獎，以及幾十個詩、散文、小說和微電影的獎項。

原來老師可以不只教課本的東西，不硬把知識塞給學生，蔡老師覺得最重要的是「激發熱情」。

當學生有興趣學習，怎麼會不想讀書呢？

蔡老師是我的恩師，憑著他傻傻做事的熱忱，給了我的人生好幾個轉捩點！他常常跟我開玩笑：「Shelly，你是我教過的學生中最會利用我的人！」我就要畢業了，很慶幸曾經坐在蔡老師教室中的第一排，「好好利用」過他。他讓我知道，世界充滿了機會，能夠利用機會學習，是學生需要具備的基本態度。有了這樣的態度，「找不到工作」、「沒資源」等抱怨就不會一直被年輕一代掛在嘴邊。

恭喜老師出新書！更希望大家讀了這本書之後，像我一樣，從教室最後一排，坐到世界的第一排。

contents

# 目錄



## chapter 01

## 教育現場——勇敢坐到第一排

chapter 02

# 千錘百鍊——當個讓人放心的人

chapter 03

# 酸甜苦辣——青春的祕密花園

chapter 04

## 追尋典範——做好生命的防守

chapter

01

# 教育現場——勇敢坐到第一排

# 有種，請坐第一排

坐坐第一排，你會發現一片嶄新的風景，
甚至找到一個魔幻入口，抵達一個意想不到的人生。

每次學校老師開會，大家都擠在後面，留下空蕩蕩的前排，令人不覺莞爾，因爲上課時，學生同樣喜歡離老師遠一點，沒人要坐第一排。若偶爾坐坐第一排，你會發現一片嶄新的風景，甚至找到一個魔幻入口，抵達一個意想不到的人生。

小學時，個子矮被迫坐前排；高中時，叛逆只選後面座位；大學時，對課堂的品質極其失望，我難得進教室，當然只坐最後一排，因爲翹課也快一點。

大二時，一位剛拿到碩士的年輕影評人擔任講師，每週介紹新電影，甚至有系統地探討各國導演。我愈聽心愈熱，不僅不翹課，而且愈坐愈近，最後坐到第一排了。

從小津安二郎的三尺鏡頭聽到愛森斯坦（Sergei Mikhailovich Eisenstein）的蒙太奇，下課後再追著老師，從柏格曼（ErnstIngmar Bergman）的《第七封印》聊到楚浮（François Truffaut）的《四百擊》。那個學期，我的生命就像《四百擊》最後一分多鐘的長鏡頭，逃跑的小男孩一直跑一直跑，跑到海灘，看到不曾看過的海，又像電影結尾的定格，小男孩對觀眾回眸，好像在問：「你爲你的夢想跑過嗎？」

「我沒有，但我就要開始跑了！」我當下如是回答。

於是我開始有系統地看書、看電影，一年內啃完志文新潮文庫，還拿打工的錢看了上百部經典電影，最後竟然拿到一個大報的大專影評首獎。我終於知道那位影評人對我的影響有多深，也知道自己不是不愛上課，但前提是——那位老師要有料。

但有料的老師太難找了！許多臺灣的老師是從書堆裡爬出來的，是thinker不是doer，只講空洞的理論，說不出具體的關鍵細節，所以我又翹課了。

大三、大四時成了文藝營幹部，有權邀請國內名家演講，但發覺這些名家大多沒經過口語表達訓練，普遍「寫得比說得好聽」，一場演講下來往往空洞無物。更慘的是那些「博士翻譯」，他們引進國外最新思潮，滿口「符號學」、「現象學」、「解構主義」，講完後臺下滿眼惺忪。

「我們程度太差吧！」聽不懂的我們，只能這樣自我解嘲。

沒想到幾年之後，我當了老師，甚至擔任行政職，一年要安排逾二十場演講，這下子我不僅要擔心學生不坐第一排，還要擔心他們睡成一片。

十幾年過去了，我聽了不下兩百場演講，都坐第一排。其中像是講散文的石德華、講新詩的嚴忠政和講小說的許榮哲，都非所謂的名家，卻能旁敲側擊、博引巧喻，用心準備每一堂課，過去像霧又像花的文學術語變得具體可蹴。我甚至不斷叨擾他們，坐到他們生命的第一排，重新學習，才得以在輟筆二十年後，重新進入寫作狀態。

但我心中亦有遺憾——過去的我和無數世代的學子，浪費太多時間在無效的課堂上。

人類在二十一世紀把升學遊戲玩到最高峰，管你喜不喜歡，過半的年輕人命定要進入一個叫大學的地方，如果遇到每年集滿論文點數就能常保金剛不壞的老師，就被合法浪費最寶貴的時光。但是時間不等人，學習不能停止，每位年輕人都必須面臨職場的最終審判。

所以，不要忘了尋找校園內外的眞正達人，他們可能是在業界打滾多年的兼任教授，可能是外聘的技術講師，可能是把學生看得比升等更重要的「異類」，更可能是剛剛拿到教師資格，卻用生命去準備、去翻轉每一堂課的師魂。

記得去找這些良師，然後坐在第一排，就像二十多年前那個朗朗的夏日，一個怯生生的碩士顫巍巍步上講臺，卻讓我的眼睛一開，天空也開了，我開始相信有一天，我也能夠在教室裡挪動位置，慢慢坐到世界的第一排。

# 游進自己的那條河

每個人都是天才，但如果你用爬樹的能力來斷定一條魚，魚一生都會相信自己很愚蠢。——愛因斯坦（Albert Einstein）

寒假帶女兒回學校拿東西，女兒隨口嘟囔：「我不喜歡回到這個傷心的地方。」

「蛤！」我很訝異：「國中的老師不是都對妳很好嗎？」

「老師都很好，但在這裡我是白痴。」

我終於懂女兒的意思，因爲國中時，數理科讓她苦不堪言，算數學常算到哭，就算盡了全力熬夜拚搏，月考成績也只能落在中段。聯考後，同仁的小孩過半上第一志願，其他也都念明星高中，就我的女兒落點PR60幾，連自己學校的高中部都考不上。

我決定讓女兒念高職，同事很驚訝，連女兒都不置可否，所以我必須先說服她：「妳覺得爸爸做事是不是很有信心？」

「超臭屁，超有信心。」

「但爸爸過去很沒信心，因爲爸爸的數理也不好，所以高中考兩次，大學數學考十二分，只能念私校，但因爲學業的打擊，長期自我期許不足，大學念到重修科目太多，要補到第五年才能畢業。」

「那奇怪，爲什麼你現在變得自信到有點自大？」

「哈，那是因爲我畢業後選擇自己擅長的跑道。我發覺當英文老師，只考國文、英文兩科，剛好是我擅長的科目，結果怎麼考怎麼上，才知道以前中學比五科，我是白痴，但現在只比兩科，我是天才。」

「爸，我好像懂了，我不想再當白痴了。」

「所以我們不要再念五科都很重的高中，我們念高職好嗎？」

女兒接受了，雖然高職也有數理史地，但課程輕、難度低，女兒竟然喜歡上了數學：「爸，大人爲什麼自以爲是，老給我們太難的課程，然後說這適合我們的程度？其實高職的數學不難，我反而愈讀愈有信心。」

「大概是制定課程的教授和老師，以爲全世界的人都和他們一樣會念書吧！」我只能如此自嘲。

女兒在高職如魚得水，最後考上第一志願，現在自信心十足，不僅當上系學會副會長，還敢一人站在臺前帶幾百人跳舞，和以前的退縮膽怯相比，不可同日而語。

「爸，我很幸運是你生的，因爲你知道哪一條路適合我，如果我是別人的女兒，現在還會自覺是個白痴。」那天回程在車上，女兒有感而發地說。

愛因斯坦曾說：「每個人都是天才，但如果你用爬樹的能力來斷定一條魚，魚一生都會相信自己很愚蠢。」即使是愛因斯坦，高中時都因爲背科不行而被退學，結果不能在德國考大學，只能跑到瑞士念一所「重視理解不重死背」的高中，最後世界才誕生了這位不世出的物理天才。

在我所任教的高中裡，有一大半的學生因爲「總分不高」，自信心低落，但我知道他們都是某幾科的天才，所以他們指考時大多能考到自己理想的校系。然而臺灣目前高教的趨勢是減少指考名額，最後要廢掉指考。

雖然教育部強調未來的「新型學測」會保留指考精神，但我們都知道現在全國前幾志願的學校仍採計「五科總分」，孩子們還是被制度綁架，沒有腳的被迫爬樹，沒有鰭的被迫游泳，最後大家都痛苦地活著，缺乏自信與創造力，國家的整體國力就下滑了。

一個國家可能只需要十分之一的人是五科全能，其他的人好好學習及發揮自己的天分即可，我和女兒，甚至是愛因斯坦都屬於後者。我們選擇不和所有的人爬同一棵樹，毅然跳進屬於自己的河流後，開始用自己的鰭去界定世界的疆域。

但那滯留在樹上的歲月，好苦。

在涵育百川的大地上，還有許多新生代搞不清楚自己肩上長出的是翅膀還是鰭，希望「被認爲是萬能」的學者和老師能懂，能懂得幫助那些有強壯背鰭的「異類」，不要再逼他們去爬樹，讓他們勇敢游進自己的那條河吧！

# 如何批判，怎麼思考？

資料經過整理後變成資訊，資訊經過思辨後才會變成知識，但只有經過發表及批判後的知識才會有邏輯。

「你憑什麼認爲美國人是拯救世界的超人？」

「海珊從美、德、英、法等國獲得製造大規模殺傷性武器的技術，還對庫德族發動化學武器攻擊，一天內造成超過五千名庫德族人死亡。你說我們能不對這個邪惡政權宣戰嗎？」

二〇一〇年寒假，到德州參訪姊妹校，一進入地理教室就看見全班同學輪流質詢臺上的學生，他手上拿著一幅自己的漫畫作品，圖中是穿著超人服裝的美國士兵擁抱著哭泣的庫德族小孩。

「大規模殺傷性武器？那是個笑話，二〇〇七年，美國國防部向國會提交的報告，已經認定伊拉克擁有大規模殺傷性武器的消息是可疑的。」質詢的同學手上也拿著自己的漫畫，圖中的美國前總統小布希（George Walker Bush）被畫成一個屠夫。

另一個畫著小布希在偷石油的同學，也在老師的同意後發表意見：「布希在德州經營石油產業，還創立布希能源公司，他打這場戰爭只是爲了保護自己與美國的石油利益。」

我坐在臺下瞠目結舌，這哪裡是地理課？簡直是國際會議的交叉詰辯。下課後，我連忙請教地理老師Kent，他是如何辦到的？

「因爲這週的課程上到中東，而美國在伊拉克已打了七年戰爭，所以我要求每位學生要畫一幅漫畫，表達他們對美國發動伊拉克戰爭的想法。」

「只畫一幅漫畫？不用背誦一堆地名、氣候、物產之類的資料嗎？」我想到以前學外國地理時，快被這些資料搞死了。

「不用，那些資料網路上都查得到，我的教學目標是希望學生能從時事理解這些國家。」

「但只畫一幅漫畫要如何理解中東這麼多國家？」

「呵呵，其實畫漫畫是學生最害怕的課程，因爲他們必須蒐集資料、閱讀資料、形成洞見（insight），再以圖畫表達立場，整個過程必須花很多時間。」

「對啊，我想起一位臺灣學生告訴我：接待她的Buddy這個週末沒陪她出去玩，因爲他從圖書館借了十幾本書，說是爲了畫這堂課的漫畫。」

「其實學生最害怕的是要爲自己的畫辯護（defense），我打的成績與他們畫得好不好無關，主要是看學生辯護的邏輯，如果他沒累積足夠的知識量，一下子就會被同學問垮了，這比寫考卷還可怕，因爲根本不知道同學會問什麼。」

「辯護的邏輯？」我對Kent談到的邏輯很有興趣。

「是的，資料（data）經過整理後變成資訊（information），資訊經過思辨後才會變成知識（knowledge），但只有經過發表及批判後的知識才會有邏輯。」

Kent丟出一個個我無法在高中校園想像的名詞，尤其是「批判」這個字，我感到太好奇了：「Kent，你是說批判性思考（critical thinking）嗎？」

「沒錯，知識是拿來解析現世與預測未來的工具，所以一定要有批判性思考的能力。」

「但是訓練同學針鋒相對，互相批評後不會傷和氣嗎？」

「怎麼會呢？而且批判性思考時，學生要批判的第一個人就是自己。」

「自己？」我被搞混了。

「當然，先要批判自己的論點是否紮實，然後才有資格批判別人。」

回國後，伊拉克戰爭終於停戰了，但我大腦的戰爭到現在還未停止，現在還常面對著我的學生思考，當背誦還是王道的今日，我們要如何先學會對自己批判？然後再思考世界問題？
我不知道，我還在批判自己，我還在思考……

# 請珍惜你的怪

——要接近自己的夢想，任何凡人都不能放棄自己的「怪」。

「來，這個女生臭，欠修理！」

坐在我隔壁的J被男生輪流拿著課本打頭，她生氣瞪著他們，但小學生沒有理性可言，啪！啪！又是兩下。

「你很奇怪，爲何不一起打？」好朋友把課本也塞進我手裡。啪！我輕輕打了一下，J轉過頭來，兩眼圓睜，那憤怒、哀怨的眼神，我一輩子忘不了。

二十年後，我在故鄉小鎮的街上遇見了J。她推著一輛嬰兒車，媽媽和小孩都美。J的酒窩還在，但小時候沒人注意到她的酒窩，大家只看到她的黑皮膚。她會被「標籤化」是因爲她的成績永遠是最後一名。

現在，J的皮膚比我白，跟街上亮晃晃的陽光一樣白皙，但我不敢上前敘舊，因爲我心中有個黑暗的角落，見不得光——我曾經也是動手的人之一。

不幸的是，後來我又允許心中出現另一處暗角。

高二時，「玩弄」L是全班大部分男生下課時共同的娛樂，讀男校，全校一個女生都沒有，所以女性化的L就成了「異類」。

那票男生的「娛樂儀式」經常這樣進行——最矮、最黑的男生站在L身後，做出猥褻的動作，其他人圍成一個圈，大聲有節奏地吶喊，被嚇得「花容失色」的L一直尖叫：「不要，你們不要！」但他愈抵抗，圍繞的野人愈興奮，愈不肯讓圍在中間的獵物逃離。我覺得怪怪的，但直到畢業前都沒有伸出援手，一次，都沒有。

畢業典禮後，我到班上拿回自己的物品，路過的L突然叫住我：「我看到你在《中市青年》的文章，寫得很好，以後要繼續寫喔！」

「謝謝！謝謝！謝謝……」我不知說了幾聲謝謝，但我知道那時眞正想說出口的是：「對不起！對不起！對不起那個時候沒幫你。」

L走進六月的陽光裡，從此我再也沒有見過他，但他又成了我心中的一道陰影——我明明感覺「奇怪」，明明感覺可以做點什麼？但我沒有，整整兩年，我忽視、漠視一個心地那麼溫暖的人。

當Google問世時，我突然想到L，鍵入他的名字後，出現一位粗獷、留著絡腮鬍的執業律師，五官仍是他，照資料撥了電話過去。

「你好，我是L。」聲音變得好渾厚。

「我是淇華，你的高中同學，記不記得你曾經鼓勵我……」

「對不起，我不記得有這個人。」電話瞬時掛斷。

我知道那是L，但他只想與那段不堪回首的日子告別，因爲那太痛了。

二〇一四年，一部電影又讓我感覺到L的痛。

《模仿遊戲》講述英國數學家艾倫・圖靈（Alan Mathison Turing）在二戰中，幫助盟軍破譯納粹密碼的眞實故事。他促成二次大戰提早結束，超過一千四百萬人因爲他得以避開戰火；但是「我本將心向明月，奈何明月照溝渠」，這世界回報圖靈的竟是判他猥褻罪，罰他以化學閹割來代替入獄，只因他與眾不同，是同性戀。曾經，同性戀是有罪的。

今天，在大部分國家，同性戀已不會被定罪，但這世上仍存在許多群眾「默許」、「認可」的規則，正處罰那些被認爲與眾不同的人。

例如就讀大一的D，年初回校時的分享：「學長說我不喝酒就是怪、就是不合群；但我就是不喝，結果被警告無數次，還好有人幫忙勉強喝幾口，應付了過去。但其他同學只有兩個下場，一是喝到吐，二是被揍。上個月還有人喝到住院。」他們是大學生，但已不加思辨就對成人世界的「拼酒文化」照單全收。

「合群」是多麼熟悉的美德，是四育之一，卻被我輩濫用去霸凌「奇怪」的少數。

霸凌是群眾的盲目，是集體的失智，是連「王法」都可以踩在腳下的權威，就像在北部當警察的學生M，他是執法者，也被迫要在霸凌的世界中低頭。

M到警局報到的第一個月，學長送給他一本存摺。

「爲什麼是我的名字？爲什麼裡面還有錢？」

「別問那麼多，拿就對了，以後每個月都有。」

第二個月，M退回了存摺，但也很快地被調到山裡的分局。三年後，山裡的M仍心存憤懣，但當他在電視上看到以前同僚因東窗事發，被集體收押時，他開始感謝自己的「怪」。

M那天回校，已是滿臉風霜，看不出他三十歲不到。那個午後，他面對著熟悉的校園直抒胸臆：「這世界有許多奇奇怪怪的潛規則，叫學弟妹們要稍微想一下，如果覺得『怪怪』的，千萬不要照單全收。」

那日和M握手道別時，我們的手都握得很重，知道很多話只能握在手裡，怕一旦張開手，隨風四散的心事會逼我們「橫眉冷對千夫指」。

這些年，當我看到霸凌的新聞時，就會想到J、想到L；在報上看到有大學生拼酒暴斃的事件時會想到D；而在電視上看到一批批正值壯年的公務人員被關進牢籠時，不得不想到M。

三年前認識一位波士頓的中文老師時，我對她名字中的「圣」字感到非常好奇。

「圣是聖的簡體字。」

經她一解釋，我突然有了奇怪的聯想，那麼「怪」，不就是一顆「聖心」嗎？哇，好棒的解釋。如果大家都珍惜「非我族類者」的一顆「聖心」，那麼世界上就可以少掉許多因「怪」所苦的人。

當我從職場進入學校後，仍習慣用企業的眼光去看待教育的一切，於是

「怪」就成爲我身上的標籤；「不合群」也成爲許多同仁對我的看法，但感謝他們慢慢能包容我的「怪」，而我也堅持不放棄我的「怪」，甚至將對世界的「怪異」看法書寫下來，成爲第一本、第二本，甚至第三本書。

要接近自己的夢想，任何凡人都不能放棄自己的「怪」，如同發明世界第一部電腦的圖靈說的話：「有時候，正是無人注目的凡人，立下無人想像的壯舉。」

這個習慣對「怪」殘忍的世界，已經犧牲了一個圖靈、一個J、一個L、一個D。但今天起，我們不需要再玩霸凌的「模仿遊戲」，我們可以學著「見怪不怪」，因爲那奇特的言語或行爲背後可能藏著一顆聖潔的心！

# 靈感是弱者的藉口

平常我們過得很無聊，面目可憎，而且幾乎是很單純的生活……真正的創意來自生活，你認真地生活，然後創意就會一點一滴生出來。——孫大偉

「妳寒假前提的散文寫作計畫，完成了沒？」長假後，在圖書館遇見這一屆最被看好的學生，趕快提問。

「老師，不好意思，沒靈感耶，寫不出來。」

「妳寒假有看任何一本散文嗎？」

「沒有耶，因爲寒假很忙。」

「忙到連一本書都沒看？三十天的寒假耶。」我忍住怒氣，說了一句她

摸不著頭緒的話：「靈感是弱者的藉口。」

上課鐘響了，學生離開後，我還在對自己生悶氣，此時三月的春風從窗外探進頭來笑我，突然想起二十五年前的三月，臺北的三月。那是廣告人的年終聚會，會場衣香鬢影，漂亮的人兒在香檳與笑語間穿梭，設計師阿美匆忙把我拉到一旁：「快看，右邊那個穿灰色風衣的就是你的偶像，奧美廣告的創意總監孫大偉。」我兩眼發亮，望著孫大偉，還有身旁流動的時尚，立志要成為一樣偉大的創意人，然後就可以每天過這種「曲水流觴，夜夜笙歌」的生活。

二十五年過去，孫大偉已離世四年餘，而我也早已離開廣告業，但這幾年我瘋狂地投入創作，驀然瞭解，我過去完全誤會了「創意」兩個字。原來創意這棵樹，不可能長在酒杯裡，一定要深植在紀律的大山中才能活。如同孫大偉講的：「平常我們過得很無聊，面目可憎，而且幾乎是很單純的生活……真正的創意來自生活，你認真地生活，然後創意就會一點一滴生出來。」

我完全認同孫大偉的話，真的要認真生活，而且是超有「紀律」地生活。

五年前開始學寫詩時，對身旁的詩人們崇拜不已，尤其是曾得過兩大報文學獎的神人級詩人Y，他仙氣飄飄的意象不是「正常人」能想出來的，我除了佩服激賞外，只能在一旁自嘆弗如：「難怪大家都說新詩是文類中的貴族，我凡胎泥身，不像你們隨時有靈感。新詩，我一輩子是學不會的。」

「靈感是弱者的藉口，習慣好，靈感自己會來。」Y回了我一句外星人的話。

「開玩笑吧！靈感自己會來？」我當下只覺得他有夠臭屁。

「我們以前開始學詩，不僅研究前人的作品，還可以連續半年每天寫十首詩，彼此交換研究。」Y勉勵我：「如果你也曾經歷過這些習慣，就會瞭解靈感是有心積累後的必然產物。」

之後Y會丟一些詩集給我看，順便分享他剛寫好的詩，聽多了，發覺新詩有些共通的語法，例如虛實互換，把「我坐在我的椅子上」實的椅子變成「我坐在我的憂鬱上」虛的情緒；或是名詞的轉品，把「芒草擦傷我的皮膚」變成「考卷擦傷我的青春」；也可以主詞、受詞互調，把「我每晚都可以喝乾這些酒」變成「這些酒每晚都可以喝乾我」；又或是「反慣性法」，像「慢則快」、「少則多」、「窮得只剩下錢」、「冰中取火、火中取冰」……這些對傳統語法的破壞，都可以刺激人類的惰性大腦，產生詩意與美感。

我慢慢練習規律閱讀，再把剛學會的技巧教給學生，積累多了，量變終於產生質變，一些概念慢慢內化，漸漸在自己原本荒煙蔓草的大腦裡，踏出一條清晰的大路——一條「名爲靈感的神經網路」。現在工作之餘，竟可以同時應付四個專欄及兩本書的書寫。我忍不住感謝Y：「原來我以前寫的廣告文案就是簡單的新詩，原來這就是記者下標、網站操網，以及所有政黨吸引目光都需要的文字力。我年輕時，兩天寫一句就可以在廣告公司討生活，現在一天寫十句也沒問題。唉，要是我早一點認識你，我早就在廣告業發光發熱了。」

其實我更期待能幫助學生，在職場闇黑的時代發光，但面對的是數不清的挫敗。

就像上學期校刊美編S交來國小勞作水準、慘不忍睹的版型後，我問她：「要妳暑假觀摩好的刊物，妳看過哪些？」

「沒有。」真的一本都沒有。

在臺灣「文創」口號喊得震天價響的今日，愈來愈多學生喜歡投入「乾淨、感覺高人一等」的文創，但許多人和S一樣，拒絕站在巨人的肩膀上學習，只喜歡「從零開始的原創」，結果臺灣的文創大部分是路邊攤型、輕薄短小、沒產值的假文創。

作家強納森・列瑟（Jonathan Lethem）曾說：「原創的東西，十之八九是因爲人們不知參考其原始來源。」得過諾貝爾文學獎的法國作家紀德（André Paul Guillaume Gide）也說過：「該說的話都已被說過，但是因爲沒人在聽，所以還得全部再說一遍。」

我以前的廣告公司老闆不斷告誡我：「設計進步的最快方式就是趕快去看全世界最好的設計。」因爲每個設計都是實驗失敗幾千次後得到的完美比例，這些規範雖然造成限制，但也提供最大量的智慧，模仿他們可以快速內化他們的智慧，然後產生自己的新創造。

我是設計門外漢，但我知道只要先從模仿「最好的設計」開始，就可以很快走向「好的創造」。所以從創立校刊開始，我就挑幾本自己喜歡的得獎版型模仿，很快地，校刊在最近三年得過兩次全國金質獎。這就像日本服裝設計師山本耀司所講：「開始模仿自己喜歡的東西，先抄、抄、抄，到後來就會找到自己。」

四月在臺北復興高中演講結束，兩位老師好奇地提出問題：「從文創教學、新聞處理、圖書館業務、社會運動到國際教育，還有專欄書寫，你哪裡來的靈感？」我回答他們：「有紀律地認眞生活，加上懂得從模仿中學習，生活就會回饋我用不完的靈感。」

這幾年，我發現學生總是厭倦在「紀律與模仿」中蹲點，寫詩的不讀好詩；寫小說的，人物可以不需要任何鋪陳就擁有飛翔的能力。他們忘了奇幻文學的始祖托爾金（John Ronald Reuel Tolkien），曾經多麼有紀律地在牛津大學用畢生精神編纂《中古英語詞彙表》，然後用這個基底創造出精靈語。托爾金讓北歐與英國神話中的人物說他的精靈語，最後完成在奇幻文學中永遠不死的《魔戒》。

若我們只把《魔戒》衍生的電玩當成奇幻世界的全部，然後把這些電玩當成創作原型，而忽略托爾金用紀律去建構一個紮實的奇幻世界的事實，則我們的飛翔，只是永遠在地面的滑行。

被認爲創意無限的孫大偉在離世前，仍不斷告誡我們：「你不能爲了創意而去創意。眞正的高手必須在限制條件內去自由地飛翔，只有眞正變成高手之後才有可能破格、改變，等你對遊戲規則純熟，就可以不按照規矩。對眞正的高手而言，你給他浴缸，他就可以在裡面跳水上芭蕾，『肉腳』則一直想把浴缸打破。」

是的，我們都被局限在自己的浴缸裡，我們也都被迫發揮創意，在自己的浴缸裡跳水上芭蕾，而創意需要的靈感不是爲了避免限制去把浴缸打破，而是認眞研究浴缸的大小、材質，然後依自己的體型，模仿世界上最適合學習的水上芭蕾高手，練習潛水、閉氣、抬腿。當有一天，音樂一起，你不需要靈感就可以跳出美麗的水上芭蕾。

對於那些不會跳、不敢跳、怕嗆到，說需要靈感才跳得好的人，你可以笑他：「靈感是弱者的藉口。」

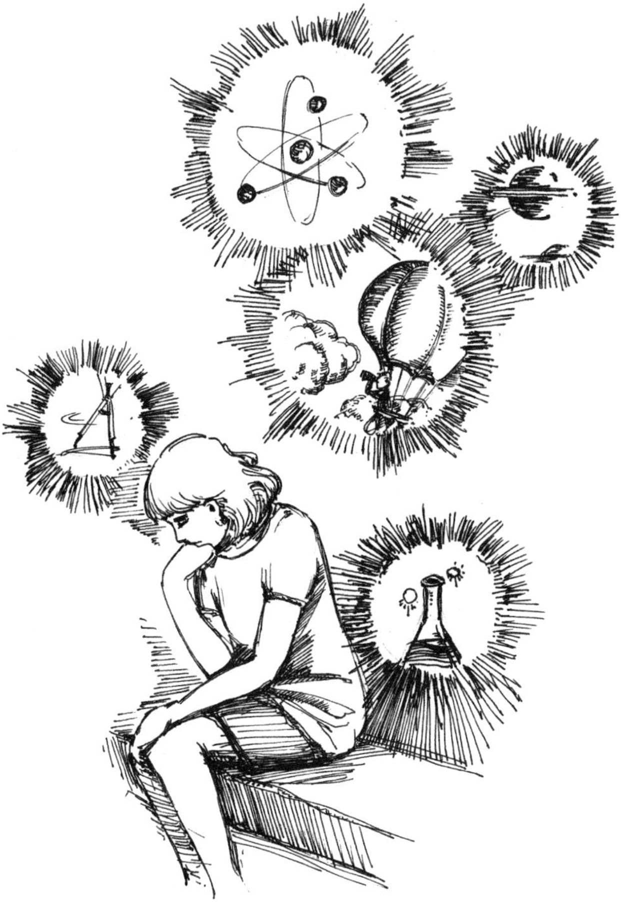

# 飛出國就會講外文了？

—好的環境對語言的學習幫助好大，但是否飛到國外，外語一定會變好？

學生K從澳洲打工一年回來，興高采烈地與我分享她做過的一堆工作，包括在農場剪葡萄、在汽車旅館打掃房間、在餐廳洗碗、在工廠包裝等，再拿賺到的錢在東澳玩一個月，最後帶著臺幣五萬元的存款飛回臺灣。

「那妳現在又回到以前的貿易公司上班嗎？」

「唉，」K有點小感傷：「本來以爲可以回到原來的公司，但看到以前的同事已經升了官，就有點不想回去。我寄履歷表到一些公司，但要我的薪水低，想去的沒通知，再等等囉。」

「那這一年，値得嗎？」我很好奇。

「應該……値得吧。我看到新的世界，雖然吃了些苦，但交到了全世界的朋友，英文也更敢講了。」

K講得沒錯，境外旅行是精進外語的好機會。像我對自己的英語口說本來很沒信心，直到三十六歲時才徹底改變。那年帶團到溫哥華，住在寄宿家庭，晚上和加拿大媽媽聊小孩、聊食物，第一週還會口吃，但後兩週聊到東西方教育，每晚聊到欲罷不能，回國後發覺自己口語能力變好了，證明好的環境對語言的學習幫助眞的很大。

但是否飛到國外，外語一定會變好？學生L的答案是否定的。

L本來以爲到了美國，英文就可以講得很好，結果發覺自己與房東只能作禮貌性的寒暄，只要房東講多一點，他就會被單字卡住。L很後悔：「早知道在臺灣就多背一點單字，到異鄉再背，眞的緩不濟急。」

另外，親戚Y到日本包了一年的餃子，本來想趁機練好日文，但因爲在臺灣底子沒打好，只能被分配到後場，結果一年期間，雖然賺了些錢，但日文還是沒進步多少。

L和Y的例子很容易理解，就像來臺半年的外籍生，因爲底子不夠，沒有幾個能學好中文。其實若眞的想學好外語，現在網路的資源就非常豐富，善加利用亦能有所成。

二〇一三年，我曾帶十個學生拜訪波士頓，當地老師對一位團員的發音讚譽有加，並斷言她一定是在美國長大，但她反而是全團唯一以前沒出過國的，她單靠網路資源和自我要求，就用土法煉成好鋼。

根據外交部統計，臺灣年輕人出國打工度假的人數，已由二〇〇四年到二〇〇七年之間的一萬兩千人，累計至二〇〇八年到二〇一二年間的六萬五千人，其中八成前往澳洲。出國度假打工已成爲時尚，但若語言能力不佳，不僅所得成本效益低，而且風險也高。打工回來的學生和學弟妹分享時幾乎都會提醒：沒有語言能力的打工者，容易流向農場或成爲黑工，也容易被當地仲介欺騙，不僅薪資、安全沒有保障，而且練習外語的機會也少。

所以當你在職場意興闌珊，心中「流浪」的因子蠢蠢欲動時，不要只幻想「飛出去，就有答案了」，一定要先把基本外語能力練好，再遞辭呈。有些事現在不做，一輩子都不會做，出國打工如此，學一種語言亦如此。

# 別接天上掉下來的禮物

硬要把喜歡動手做的孩子關在教室裡鑽研理論，結果不僅造就許多不快樂的青年，更讓國家在面對全球化的競爭時進退失據，因為技術面「有人無才」。

J在我辦公室前徘徊多日，終於走到我桌前問：「老師，我們可以談談嗎？」他說出所有不快樂——缺乏朋友、覺得自己離夢想愈來愈遠、母親一直念他的成績……

J是第一屆十二年國教多元入學的「短暫勝利者」。在放榜那陣子，J的父母很高興自己的孩子上了一個「高填志願」，感覺這是「天上掉下來的禮物」，但J真正的夢想是當廚師。開學後，J的噩夢開始了，除了國文外，每一科都只考二十多分。

教高中二十多年後，我漸漸瞭解，屬於學術課程的高中，在指考名額減少，多數大學校系以採計學測五考科總級分的前提下，雖較適合PR60以上的學生就讀，但PR85以下的學生還是會念得很吃力。

這次第二次免試入學的學生，許多在會考拿的是3C到5C的成績，比對過去的PR，約在50以下，卻進入傳統PR85以上的高中就讀。這些學校老師的授課及評量仍維持過去的模式，結果跟不上的學生只能「拿香跟拜」，拜不到生命的元神。

自然教學法大師史蒂芬・克瑞生（Stephen Krashen），提出「i＋1」學習理論。i指的是學習者的認知程度，依照這程度加深，學習效果最好。教師授課前，會以全班平均的i爲起點行爲，但第一屆十二年國教多元入學卻搞得「i鴻遍野」。

大家都聽過多元智慧，也瞭解有人擅長抽象思考，適合走學術路線；有人擅長動手操作，適合當技術大國的棟梁，也是社會上亟需的人才。但許多家長就是擺脫不了俗濫的迷思，總認爲「孩子念高中比較光榮」，硬要把喜歡動手做的孩子關在教室裡鑽研理論，結果不僅造就許多不快樂的青年，更讓國家在面對全球化的競爭時進退失據，因爲技術面「有人無才」。

我女兒在國中基測時，落點在PR66，跟她分享我過去慘綠的高中生活後，我們一起選擇了高職。結果女兒三年後因爲技優（技藝技能優良），保送第一志願，對的選擇讓她一直沒失去笑容與自信。

許多家長不知，教育部爲了幫助多元入學不適應的同學，已要求各高中職及五專在寒暑假辦理適性轉學，只要學生向想去的學校提出申請，都可以讓學習回到適性揚才的正軌。

許多人無法接受自己錯誤選擇的事實，甚至會合理化這個選擇，心理學上稱這個現象爲「認知失調」，但如果「失調」的是孩子的一生，家長要有勇氣去調整。

今年暑假許多家長在孩子進入「高塡志願」後，認爲是接到了「天上掉下來的禮物」，但其實在孩子學術馬步未紮穩前，建議不要接受這樣的禮物，那有時會砸死人的！

# 老師！放手讓我讀吧

——閱讀沒有「量變」，就不可能「質變」為理解力；
——閱讀沒有形成習慣，長大後就很難再親近書本。

國二那年，寄宿國文老師家，晚上當我沉浸在《聊齋誌異》時，老師搶過書，一個巴掌過來：「不看教科書，看什麼課外書？」我低著頭，耳朵辣紅、嗡嗡作響，直說：「下次不敢了……」

但閱讀成癮後戒不掉，我一生受益於閱讀，那是隨時可汲取的養分。

我有一個雙胞胎哥哥，他亦常自詡是閱讀的最大受益者。小學時，導師在教室後面擺上幾百本中華兒童叢書，全班比賽閱讀量，哥哥和我就這樣養成閱讀的習慣。哥哥高中聯考分數只考了我的一半，念最後一個專科志願，但他進入職場後仍然手不釋卷，靠閱讀自學，成爲四家公司的老闆。他最常說：「我不害怕雇用後段生，因爲我自己就是；但我害怕的是他們沒養成終生閱讀的習慣。」

學生韋仲是另一個受益於閱讀的例子。現年三十歲的他，大學畢業後才決定從事餐飲業。在臺灣當了兩年學徒，他的師傅常說：「學我做，別問那麼多。」韋仲覺得需要突破，決定到澳洲闖一闖，剛到澳洲時，他的英文程度太爛，根本聽不懂同事對話，從最低階的打雜做起。外國同事動不動就罵他髒話，所以他一聽到髒話就以爲有人叫他，馬上跑過去，久而久之，他的名字變成Mr. Fuxk；熬了好久後，同事才稱呼他Yellow Monkey，還是活在屈辱中。

快要放棄時，一位名滿雪梨的明星級主廚提醒他：「去閱讀吧，其實我能教你的，書本裡都有。」韋仲聽了進去，他開始以有限的薪資，大量購買烹飪原文書，發現許多臺灣師傅的不傳密技，其實都建立在基本的科學原理之上，而這些科學原理，書上都有。例如單純的苦味不讓人喜歡，但當它與適當的甜味或酸味結合時，會產生分子的化學變化，形成絕佳滋味。還要注意苦味會隨溫度下降而上升，甜味卻隨溫度下降而轉弱。

韋仲瞭解食材在烹飪過程的各種物理或化學變化後，不再只知其然而不知其所以然。他利用這些原則，一下班就在廚房實驗各種食材的搭配，不到半年就成爲受重用的二廚，雪梨報紙還特地報導他，說許多顧客每週光顧這家昂貴的餐廳，就是爲了品嘗他不斷推陳出新的「創意甜點」。因爲大量閱讀，他的英文能力變好了，薪水連跳三倍，倫敦和墨爾本的餐廳開始挖他跳槽，連以前瞧不起他的同事都改叫他Mr. Everything（萬事通）。

暑假與韋仲餐敘時，他不斷強調：「沒有閱讀就沒有現在的我。老師一定要想辦法培養學生終生閱讀的習慣。」

但是，目前阻礙臺灣人培養終生閱讀的習慣的最大障礙，竟然就是學校本身。因爲臺灣的學校知道升學率是他們的續命仙丹，所以老師們不斷地安排考試、趕課本進度。課本都讀不完了，哪有時間讀課外書？

然而，閱讀沒有「量變」，就不可能「質變」爲理解力；閱讀沒有形成習慣，長大後就很難再親近書本。其實教育部已廢掉國編本，會考與學測各科早就著重於不用死背的「閱讀理解」。眞的願意以閱讀當教學主軸的老師，反而更能幫助學生在聯考勝出，例如訪英二週期間，和我同寢的彰化鹿鳴國中楊志朗老師。

楊志朗老師在教室後面堆滿自己捐贈的課外書，要求學生每天至少讀一個小時，回家後還要寫閱讀心得。他總是快速帶過課本，幾乎不排考試，把大部分時間花在詢問學生的閱讀理解，寒暑假就讀經典小說，加強文言文，月考時也學會考，只考課外。結果他的班，有十六位同學考上第一志願（前一屆只有一位同學上彰化女中）。因爲他推廣閱讀的教育理念，鹿鳴國中從十五班成長到今年的三十五班。

日前接到以前老同事的電話：「我今年帶國一，全班三十個，十個是外配的孩子，五個母親來自對岸，學生乖但學業差，我不想排那麼多考試打擊他們，我想把重點放在閱讀上。」

我回應她：「學生能力國際評量計畫（PISA）研究早就證明，鬆綁與重視閱讀的芬蘭學校可以教出最強的國民。臺灣的國民教育已經鬆綁，但許多老師不敢自主，還要把自己和學生綁在同一條繩子上。」

「但我不敢這樣做，我怕月考考不好，怕同科反對。」老同事仍有畏懼。

掛上電話後，我想起韋仲的在校成績永遠是全班倒數，但如果每個低成就的學生都像韋仲一樣，養成終生閱讀的習慣，臺灣會不會有更多的Mr. Everything？

現在臺灣還有許多學生像我當年一樣，正挨著制度賞的耳光，眞希望他們不再像我小時候，必須對國文老師懦弱地說：「下次不敢了。」我們可不可以一起面對還死守老舊制度的老師說：「老師！放手讓我讀吧！」

# 請，煩請，煩請跨過世代的地雷

以前以為十年為一個世代，但發覺這世界變化快，後來是三年一世代，現在是一年一世代。

「抱歉，你介紹的學生禮貌有問題，我不方便用。」老朋友L擔任一家刊物的總編，婉拒了我介紹的學生。

連一位校刊社第一屆的學生Y都傳來訊息：「想請問老師，現在的學弟都是這樣約訪的嗎？我看到他『請於明天晚上回覆』，先內傷一次，打開檔案又內傷第二次，好難過。」

Y不過二十來歲，剛拍完一部拔河的紀錄片，高二學弟想採訪她，卻讓她覺得不受尊重。兩人雖然都屬年輕世代，但相差十歲，語言與價值已有落差，學弟剛剛誤踩了埋在世代間的地雷。

以前以爲十年爲一個世代，但發覺這世界變化快，後來是三年一世代，現在是一年一世代，高中生會對國中生搖搖頭說：「唉，這些小屁孩眞幼稚。」國中生也會抱怨小學生吵死了。現齡八十九歲的伊莉莎白二世，還覺得六十六歲的查理王子不夠成熟，無法擔任一國之尊。

指導學生社團就是一個師生間互踩地雷的過程。校長曾把校刊樣本放在我桌上，然後強忍心中的怒氣說：「你看，上面的紙條寫什麼？」「因時間很趕，請校長中午前覽畢後交校刊社。」哇！天哪，學生竟然對校長下命令。「校長，對不起，對不起！」身爲指導老師，我有負不完的責任。

「唉，這麼厚一本卻要我一個早上看完，如果我早上有行程怎麼辦？教學生要學會多爲別人想一想。」校長當過十二年教育局長，修養好，想到的還是教育。他知道更年輕的一代「無法多爲別人想一想」，是世代間滿布地雷的主因。

隔年，相同的情況又發生了，這次是送印前要我半天看完，稍微瀏覽後，發覺這種水準真的不登大雅之堂。我把全體社員都叫過來，狠狠訓了主編一頓：「整個進度晚了二十天，但明天就要送廠商了，稿子卻版型不對、圖檔畫素不足，若要改，來得及嗎？妳主編怎麼當的？」

結果幹部放棄畢旅，留在學校修稿，雖然遲交，但廠商硬是替我們趕在畢業典禮當天出刊，眞是驚險。幾年後，已經念大學的主編回到學校，找我話話家常，離開前，她欲言又止：「蔡Sir，有句話我不知該不該講？」

「妳說，哪有什麼不能講的。」

「蔡Sir，我知道你標準高，但可不可以不要在社員面前訓斥幹部，因爲以後我們會很難帶學弟妹，若可能，多爲學生想一想，若你私下訓幹部，大家都聽進去……」

聽完主編的話，頓覺羞愧異常，但也感謝主編的直言，給了我一個自省的機會。

原來禮貌不是下對上的教養，也是上對下的修養。而我，快五十歲的人了，還需要學習。所以上週我打了個電話給L：「沒把學生教好，我自己也有責任，而且我也不是一個有禮貌的人，你能告訴我，學生有哪些地方可以改進嗎？」

「眞的想聽？」

「眞的，我也想學。」

「好，」L在電話那頭清清喉嚨：「有五點，你慢慢聽。第一，收到我的mail，竟然一週後才回覆，我不要這種沒效率的員工；第二，跟我講話時，都用『你』稱呼我，聽起來很刺耳，她應該用職稱『主編』稱呼我才對；第三，她面試時沒有微笑的習慣，這對環境不禮貌；第四，她打電話給我時沒先自我介紹，也沒先問我方不方便講話；第五，我還在考慮用不用她時，她竟然寄mail給我，要求我『請三日內回覆』，若她寫『若主編方便，煩請撥冗回覆，不勝感激』，這樣讀起來是不是舒服多了？」

聽完L劈里啪啦的抱怨，我倒抽一口涼氣，因爲學生說她對L一直很禮貌。或許「禮貌」兩個字，各人有各人的解讀，但五十歲的L以及二十幾歲的Y，竟然都認爲「請」這個字還不夠禮貌。那麼，我們可能還必須再學習一次——請，煩請，煩請跨過世代的地雷，因爲不小心踩中時，可能失去的不僅是一次採訪機會，還可能是一個夢寐以求的工作。

# 只能用土地來醫

一個人十歲前居住的地方是他一生的原鄉，
這輩子不管流浪到哪裡都會想到回去，即使是在夢中。

「你的肺病現在沒藥醫，唯一能救你的藥，就是親近土地。」賴和醫師開了一劑藥方給二十幾歲咳血的楊逵。於是從首陽農場到東海花園，楊逵一生在自己的土地上耕種，偶爾用鋤頭，偶爾用一支筆，一生沒離開過自己的土地。

以上是二〇一五年三月「楊逵逝世三十週年紀念活動」時，楊逵二公子楊建的分享，他今年八十歲，與楊逵逝世那年同齡。

二〇一四年夏天，閱讀作家石德華描寫與楊逵生死情誼的文章，大為感動，於是聯絡上了楊建老師，瞭解楊逵家族爭取保留東海花園的努力，但十餘年來，囿於僵化法令，潮打空城。居住臺中市五十年，世紀級作家楊逵遺留給後世的生活空間，仍在市府大筆一畫之下，成為荒煙蔓草的殯葬用地。

半年來，我帶著學生開始做網頁、拍影片、串連學校連署，甚至連絡市府，看看能不能在「楊逵逝世三十週年」做點事。選舉過後，協助我們拍片的路寒袖老師成了文化局長，加速辦理楊逵的紀念活動，終於成真。

看著東海大學協助設立的「楊逵紀念花園」，還有活動會場上惠文、曉明兩校同學主持與朗誦，然後我被安排在楊翠老師和音樂人陳明章旁種下玫瑰，感覺這半年的慌亂協調好像幫上了一點忙。此時，脖子雖然痠痛，但一顆心好滿足，這種跟土地連結的感覺真好，望著手上的泥土，我突然想起德州的朋友C。

二〇一一年我帶學生到德州奧斯汀姊妹校參訪，三週的行程，當地華僑

Ｃ協助頗深。Ｃ和任職高科技領域的先生都來自臺中，住家像一座小白宮，活脫是偶像劇的場景，但Ｃ每次見面都會問我：「臺中套房貴不貴？」我當作是笑話，沒認眞回答，直到被問第三次，才知道Ｃ是認眞的。

「一百來萬就能買超過十坪的中古套房，是妳自己要住的嗎？」我很好奇。

「是啊，退休後想住。」

「什麼，妳不住美國的大房子，要回臺灣住『鳥仔間』？」

「可能半年住臺灣，半年住美國吧。因爲我快退休了，美國到底是別人的土地，我想回到熟悉的地方。」

我終於懂了，一位作家朋友說：「一個人十歲前居住的地方是他一生的原鄉，這輩子不管流浪到哪裡都會想回去，即使是在夢中。」

那年過年時，參加幾十個臺僑合辦的potluck party，開心吃著每一家帶來的拿手菜，餐後大家談論美國總統歐巴馬正想推行的Health Care（健保），才知道許多美國人因爲繳不起高額的醫療保險，無法享受臺灣人視爲理所當然的醫療資源。C的朋友L那晚喝了許多酒，在離去前緊緊握住我的手，說：「老弟，我好羨慕你，下週就能回國了，雖然許多臺灣人覺得臺灣沒什麼，每天在網路上酸自己的國家，但它卻擁有比美國好的健保，還有和我一起長大的朋友……」沒說完，L就哭了。

回國後，我常想起L、想起C，自覺過去不曾體會過的幸福，看到臺灣的問題時不再選擇抱怨、當酸民，我開始思考，再由思考變成書寫，甚至將書寫變成行動。就像一九二七年，楊逵放棄日本學業，返臺用書寫及行動來改變百廢待舉的故土，他知道唯一能救他的藥就是親近自己的土地。

我的能力和才氣差楊逵太遠了，但我很幸運，能踩在他曾經生活的土地上。此後經年，我還是會學習瘦瘦小小、卻擁有無限勇氣的楊逵，少一點抱怨，多一點想法與做法，然後「好好學挖地，深深挖下去」，在自己的土地上繼續耕種，偶爾在學校，偶爾也在一畦一畦的稿紙上。

# 悠悠的伏流

**我們可以唱同樣的歌，懷抱一樣的鄉愁。但我知道自己的土地還埋著一道歷史的伏流，那是痛覺的來處。**

「如果秦始皇燒書都燒完，我不必讀到三點半；如果周公眞的忙著治天下，何必不斷催我入夢鄉……」臺上新加坡浸濡參訪團的高中生唱著俏皮的歌曲，可愛極了，我連忙詢問身旁的帶隊老師。

「那是新謠，梁文福的〈歷史考試前夕〉。」新加坡土生土長的L說。

「新謠？梁文福？」生平所未聞，連忙上網搜尋，才瞭解在二十紀八〇年代，新加坡出現盛極一時的「新謠」（比臺灣民歌晚了幾年），是校園學子們創作和演唱的歌曲。

我想起一九九〇年在臺北寫廣告時，來自大馬的設計師M畫畫時，常常哼著一首輕柔的歌：「寫一首歌給你，歌聲中輕輕地、輕輕地告訴你，一季節的美麗。」問他什麼歌？「梁文福的〈寫一首歌給你〉！」M當時沒告訴我這是新謠，想不到二十多年後，我再次聽到梁文福的歌。

「我生在大馬，卻聽臺灣的流行歌長大，連新謠都受臺灣民歌影響很深。」M說。

浸濡團另一位帶隊老師P說：「我小時候在大陸常聽臺灣的民歌，長大後就迷臺灣的歌星。」原來P是東北人，三十幾歲時帶著四歲的女兒入籍新加坡，至今已十五年。P的女兒去年錄取第一志願新加坡國立大學與北京大學，卻私下偷偷申請臺大中文，錄取後毅然選擇臺大。「我女兒來臺灣一次後就愛上了，她太喜歡臺灣的『人味』了。」

經歷過文革的P有感而發：「文革後，大陸對文化的破壞太大了，但中華文化的溫柔敦厚卻活在臺灣人身上。以前，我看到你們劍拔弩張的政論節目，會想：臺灣怎麼了？但現在知道那不是眞實的臺灣。」

「我也這麼覺得。」雪岩在一旁搭腔，她是新加坡國立大學的大二生，我三個月前向AIESEC申請國際志工，結果媒介她來臺。雪岩三年前讀高中時，也曾隨著浸濡團來臺二週，此後她走遍世界十餘國，卻一直忘不了臺灣的美食和最重要的——濃得化不開的人情味。

「這是我第四次來臺灣了。」在中國與新加坡生活超過五十年的P補充：「我香港的朋友最近也一樣，每年總要來臺灣一趟，她說臺灣是華人文化的原鄉。」

「原鄉？好熟悉又好陌生的名字。」

此時浸濡團同學的表演已到了尾聲，他們唱起新加坡國慶日時一定要唱的歌〈Home〉：

This is home surely, as my senses tell me.

This is where I won't be alone, for this is where I know it's home.

我的眼眶溼溼的，連忙轉過頭去。我知道有一群人心中潛藏著共同的伏流，那是文化的原鄉，所以我們可以唱同樣的歌，懷抱一樣的鄉愁，但我知道自己的土地還埋著一道歷史的伏流，那是痛覺的來處。一接近它就會湧出可以淹沒一座島的恩怨情仇，然後可愛的臺灣人可以瞬間張牙舞爪，開始咒罵、自憐和孤單。

那是條悠悠的伏流，等待著匯流的那天，一起流向叫做家的所在，然後島民可以像臺上的孩子一樣，大聲唱著：

This is where I won't be alone, for this is where I know it's home……

chapter

# 02

# 千錘百鍊——當個讓人放心的人

# 過人得分的T型人才

若不想枯萎於人群之中，就必須學習利用所有的杯子喝水。——尼采（Friedrich Wilhelm Nietzsohe）《查拉圖斯特如是說》

大學指考曾以「以麵包師傅吳寶春爲例，談學習的寬度與深度」，當作作文題目。

抽象的「寬與深」難倒一群考生，一位曾拿到散文首獎的學生，竟也敗倒在這篇作文上。大考中心以此命題，因爲這個時代最需要的人才，就是能結合「知識寬度與深度」的T型人才。

「T型人才」字母「T」，代表知識結構的特點：「一」代表「知識的寬度」；「—」代表「技術、知識的深度」。寬與深的連結稱爲crossover（跨界、混搭），有這種連結能力的人才具有較多創意。而創意，就是「解決問題的能力」。

大家都知道寶春師傅的「技術深度」是他做麵包的技術，那什麼是寶春師傅的「知識寬度」呢？

幾年前一次與寶春師傅深談，才知道他雖然只有國中畢業，但因爲長期自修英文、日文、藝術、管理學等，還曾多次到日本及歐洲進修，所以可以日後位處管理階級。寶春師傅涉獵之寬，眞令學習囿於一門者汗顏，他可以創業有成，正因爲他的學習如「泰山不讓土壤成其大，河海不擇細流就其深」，這樣的努力讓他成爲這時代最需要的T型人才。

創立蘋果電腦的賈伯斯（Steve Jobs），是另一個T型人才。賈伯斯大學休學後，靠回收可樂瓶塡飽肚子，支持他活下去的是一門旁聽的英文書法課程，他爲這些字體的美深深著迷。十年後賈伯斯設計了世界上第一臺能印出漂亮字體的麥金塔電腦，這字體的「美感寬度」，結合他堅持的「技術深度」，終於成就了今日的蘋果霸業。

其實不僅產業需要T型人才，文創產業更需要這樣的人才。例如《魔戒》作者托爾金本是牛津大學語言學教授，爲了研究盎格魯撒克遜語，廣泛接觸英國的民間傳說及北歐神話。他蒐集了許多失傳的字首、字根，將之組合，創造許多新字，卻苦於沒人使用，因此創造了一個可以使用這些文字（精靈語）的世界，最後，結合了「語言學深度」與「神話寬度」的曠世鉅著《魔戒》，因此誕生了。

成立單人公司「雅言文化」的顏擇雅，是臺灣T型人才的代表。顏擇雅小時候因爲個性分明，常常被老師罰站，成績單上的評語不是「品學兼優」，而是「自作主張」。她一開始從未被看好，但高二隻身前往美國求學後，不再受限於臺灣的課業，她開始流連在學校圖書館與書店，盡情啃食自己中意的書籍。

大學畢業後，顏擇雅的「英美文學深度」與摸索習得的「出版寬度」，造就她對外文書籍鷹隼般的敏銳度。乍看是市場冷門的書籍，例如《正義：一場思辨之旅》、《世界是平的》、《教養大震撼》及《優秀是教出來的》等書，一經她的出版及行銷後，動輒六十刷（九九%的出版物僅一刷），成爲書籍排行榜的常勝軍。

我們可發現寶春師傅、賈伯斯與顏擇雅的共通處，在於「不囿於學校、以興趣爲底的終生學習」。然而，在時間排擠效應下，如何選擇學習深度與寬度，孰先孰後？東西方不同，也教育出不同思維的學生。

二〇〇三年，我曾參訪加拿大卑詩省的中學，發覺他們一學期的生物課只研究奧斯汀的青蛙，從青蛙出發，瞭解這個城市的歷史、地理與生態改變，屬於「螺旋式」的深度體驗學習，但臺灣則是強調「寬廣」的記憶學習，以形成知識架構。

美加的課程規劃希望能激發學生的興趣，主動去涉獵相關知識，但缺點是多數學生缺乏對整體世界的基礎瞭解，例如許多美國人搞不清楚Thailand（泰國）與Taiwan的不同；而東方的學生雖然博學強記，卻較缺乏思考與表達的訓練。

二〇一五年五月到英國兩所中學參訪後，驚覺英國教育當局發現寬度不足的西方教育，無法幫助學生形成紮實的知識架構，因此整個國家學科考試，漸漸轉向學習亞洲的道路。臺灣人也發現過度強調背誦，很難引發深度學習，因此教學漸漸往西方以前的道路靠攏。

因此我們可發現，不管東西方教育，都在往培養「T型人才」連結性思考的教育方向修正，只是「先深後寬」或是「先寬後深」的順序不同。

然而，生也有涯，知也無涯，除非養成終生學習的習慣，一般人很難在寬與深的學習上做有效轉換。

美國變革專家蘭德（George Land）和賈曼（Beth Jarman）博士，曾對一千六百位兒童的「擴散性思考」（意指類比、聯想原創能力），進行多年追蹤研究，發現九八%的孩童在三到五歲時，顯示較高的天才及擴散思考力；但八到十歲，只剩三二%；到了十四到十五歲，更驟降至一〇%；更令人驚訝的是，到了二十歲，這種能力只剩下二%。

在臺灣，從事青少年寫作教育多年的好友李崇建也發覺：「臺灣的高中生比國中生沒創意，國中生又比小學生沒創意。」這是一國人力弱化的警訊，所以各國教育單位正顯現極度的焦慮感。

十二年國教之所以箭在弦上不得不發，乃因臺灣爲政者知道，目前升學至上的塡鴨式教育，把全體國民制化成只爲升學學習的機器，很難養成終生學習的習慣，也因此，降低國家的未來競爭力。

教育的改變已是必然，再度學習及尋求寬度的連結卻是每個人不可抗拒的責任。未來的模範生不能只是單一專門的醫生或電子新貴，他必須是另一個有跨界能力的賈伯斯、寶春師傅或顏擇雅，或是兼重「技術深度」與「知識廣度」的工業4.0人才。

寬與深「跨界」的單字叫crossover，在籃球的術語中，crossover叫做「過人」。未來的球在我們手裡，偉岸的防守者在前，怎麼過他？如何上籃得分？就看年輕的你如何發揮了！

# 做過什麼，比懂什麼還重要

我想知道的是「她解決過什麼問題」，這樣才能瞭解她的積極度、抗壓性、合作能力，還有發展性等人格特質。

K是大學研究助理，有漂亮的學歷，卻和時下年輕人一樣，高成低就，我覺得可惜，介紹她給需才孔急的老同學。老同學製造的醫療器材行銷全世界，亟需懂研發的業務大將跑歐洲線。

「你叫她重寫一份履歷表好嗎？」老同學不是很滿意。

「她的履歷有什麼問題？」

「唉呦，裡頭只寫她是臺大碩士、德國博士候選人、發表過什麼論文、參加過什麼研究，但我想知道的是『她解決過什麼問題』，這樣才能瞭解她的積極度、抗壓性、合作能力，還有發展性等人格特質。」

每次和企業主朋友聊天，最常聽到的聲音是「缺人才，有好的人才介紹一下，薪水不是問題」。但和已進入職場的學生對話時，最常聽到的抱怨卻是「工作差，薪水低，老闆沒誠意」。好大的反差啊！爲何勞資雙方無法接軌在雙贏的鐵道上？

老同學的話，使我想起去年在師鐸獎面試後，一位決審教授跟我說的話：「你剛剛一直說自己的學歷是同科中最差的，但那不重要，你做過什麼比你懂什麼還重要！」

教授給我很大的激勵，他的觀點——「你做過什麼，比你懂什麼還重要」，也應該適用於今日的大學生，親戚L就如此經營自己的大學生涯。

在社團不再流行的年代，L決定大二時擔任系學會的副會長。「去遇到一些困難，承受一些委屈，最重要的是解決一些問題。」L如是期許自己。

大三升大四暑假，L上人力銀行找暑期工讀機會，結果他挑了一家馬達傳統產業，做兩個月，沒有薪水。「這是家臺灣龍頭企業，能不花錢進來學習已經超讚，沒薪水眞的沒關係。」但因爲L的工作態度良好，在生產線眞的幫上忙，離職前，領班替他寫了簽呈，結果破例發給他四萬元工讀金。

畢業後，L雖未能考進臺清交成等名校，但也從私立大學考上國立大學碩士班。趁這個空檔，L一樣透過人力銀行找到高科技公司的工讀機會。他覺得這次打工的最大收穫是——認清電子產業不適合自己。

就讀研究所時，L拚命參加研發計畫，並靠過去的經歷申請到大陸打工及發表論文的機會，他說：「大陸經驗是現在許多企業選人的加分考量，爲什麼不能在畢業前就得到這個資歷呢？在大陸實習有許多挑戰，但許多一起去的臺灣學生都玩瘋了，沒像我一樣，把握和幹部一起動腦筋的機會，得到許多解決問題的寶貴經驗。」

研究所畢業後，L用過去積累的經驗，證明自己是企業主的最愛，超過二家上市公司願意提供聘約，但L拒絕了薪水最優渥的公司，選擇南部一家製造機器人的明日之星，他說：「這裡挑戰大，要解決的問題多，所得到的學習也相對較多，我想成爲臺灣進入工業4.0的先鋒。」

在能力比學歷更重要的時代，企業界非常害怕雇用沒有社團經驗的學生；國外許多研究所也表明不收沒有工作經驗的研究生。L用自己的大學經驗告訴我們，考到私校不見得是世界末日，高學歷也未必等同於高失業率。若大學生能有計畫地利用時間，提早「做中學」，和老鳥一起解決問題，最後受邀進入鷹群的機會一定大增。

在習飛的日子裡，不要只用眼睛觀測世界，別忘了要偶爾離開枝頭，改用你的雙翅丈量天空。你會瞭解，只有眞正撞過亂流的鷹隼，才能抓住上升的氣流，不管飛到哪裡，都能扶搖而上！

# 你會聊天嗎？

現在的年輕世代習慣使用3C產品溝通，失去許多人際互動的練習機會，等到聯考甄試或工作面試時，才發覺自在自信地聊天是那麼難。

得知一位念私立大學的臺南親戚被二十多家企業錄用，其中包含台積電和中船等知名上市公司。他給我的答案相當出人意表：「應該是因爲我很會『聊天』吧！從小我就有和父親聊天的習慣，而且在學校也不畏懼與師長互動，所以面對與父執輩年齡相仿的面試官時，我感覺很自在，表現當然比別人好一點。」

有一位面試官在面試完畢後，不可思議地對他說：「奇怪，不是我在面試你嗎？爲什麼最後我講的比你還多？」他說出他的心得：「眞正會聊天的人是『擅長傾聽的人』，我不用講太多，只要讓人感覺到我的興趣與好奇，他們就會知無不言，言無不盡。其實長輩喜歡認眞傾聽後『問對問題』的年輕人，因爲那會表現出他『思辨』與『誠懇』的特質。」

一位現在是保險業超級業務員的學生，曾與我分享她類似的經驗：「其實服務業賣的產品都大同小異，顧客最後會動心起念，有一大部分是因爲產品背後的『人』對了。」

「人對了？」我不是聽得很懂。

「是的，顧客相信一個人後，才會相信他的話，以及他所介紹的產品。」女學生說出了讓她在職場上攻無不克的訣竅：「拜訪客戶時，我會觀察他桌上的相片或是其他線索，然後開始談論他的家人，或是他喜愛的運動。當他連續三十分鐘與我分享自己的樂事或心事後，就會把我當成『自己人』，對於自己人哪有什麼不能談的？所以之後的成交是水到渠成。」

「其實，如果我今天有小小的成就，還是要謝謝老師您。老師記不記得以前在校刊社時，採訪前都會先教我們一些SOP？例如要坐在十五度角，眼睛要定在對方的人中上，這樣受訪者會感覺被關注，但不會有壓力。最重要的是老師要我們做到『眞誠』兩個字，要眞誠地先針對受訪者做功課，要眞誠地傾聽、發問、微笑、同情與讚許。老師說過，上至帝王卿相，下至販夫走卒，都渴望有人瞭解與貼近。」

「哇，想不到妳都還記得！」

「不僅記得，而且我還將老師當初送給我們的『採訪之道，唯誠不敗』，修改成『服務之道，唯誠不敗』，成了我的座右銘。」

從學生身上聽到「眞誠傾聽」這幾個字時，覺得好感動，因爲在這個各抒己見的「我」世代，每個人最關心的主題永遠是「我」，愈來愈少人願意「眞誠傾聽」他人的悲歡喜愁，何況是聆聽不同世代的聲音？

大約十年前，我開始習慣週六帶母親去爬山，途中，我們會不經意聊天。母親會開始回憶小時候的事，那是六十多年前的臺灣，我的眼神充滿強烈的好奇，鼓勵母親愈講愈多。漸漸的，我才明瞭，原來外祖父曾被日本人調到菲律賓當兵，被麥克阿瑟的部隊趕到叢林裡躲起來；而祖父在二二八事件時，被抓走三天，也受了刑；還有父親當初是如何追到母親的「祕辛」。那是最珍貴的臺灣庶民史，也是我生命的來處。聆聽母親，不僅讓我學到世代間的包容與善解，也滋養我最愛的寫作能量。

臺南親戚那日和我餐敘後，有感而發說：「現在的年輕世代習慣使用3C產品溝通，失去許多人際互動的練習機會，等到聯考甄試或工作面試時，才發覺自在自信地聊天是那麼難。」

聽完他的分享，我內心有些焦慮，因爲許多學生沒有跟父母聊天的習慣，跟我講話也常因緊張而語無倫次。我眞的要好好思考，不要跟學生一直在臉書上Me來Me去，有時間應該面對面聊一聊。

「聊天力」或許是學校課堂不教的軟實力，卻是未來職場上立足的競爭力啊！

# 誰是三物一體人？

——如果世界可以因為我們更好一點，不要在乎位置大小，我們可以從動物戍守成礦物，用一輩子守住一個城池。

在走廊巧遇憂心忡忡的公民老師，她知道我一向關心公共議題：「蔡老師，又一個食安風暴來了，你覺得臺灣人何時能擁有眞正的食品安全環境？」我一時語塞，卻給了自己都不相信的答案：「可能需要許多願意一輩子守護食安的公民。」

一輩子就專心守護一種價值！現在有這種傻子嗎？我想起去年和一位公僕合作後，忍不住讚美她：「好高興我們市府擁有妳這樣勇於任事的公務員。」

「其實，我並不是眞正的公務員，我只是一個『資深』雇員。眞正通過國家考試，分發到我們單位的公務員，發覺工作太操後，不出一、兩年，就會請調到較輕鬆的單位。」她臉上霎時陷入落寞。

我懂她的不安，因爲我任現職十二年，每次爲相同的業務洽詢政府機關時，常接觸到不同的承辦員，最常得到的回答是「我是借調來的，所以不熟」。或是「這是上一個承辦員的業務，他沒有交接給我，抱歉，我幫不上忙」。

一項業務從摸熟到可以傳承、創新，少說三年。但如果一個國家公部門的新血，貪圖的只是穩定與輕鬆，而不願意吃苦、蹲點，我們如何期待一個有效能的政府？

但我寧願相信大部分公僕都堅守對的價値。一位友人妻最近被調升主管職，卻主動請調回到第一線，做服務民眾的雜事。她謙虛道：「我的能力不在管理，但每天看到民眾被服務後的笑容，就覺得好快樂。」

她的回應讓我感同身受，這些年我拒絕一些工作異動的機會，雖然許多後起之秀不斷高升，但我仍毫不動心起念，因爲發覺在這小小的崗位上，自己可以服務的能量最大，也因此愈做愈快樂。

我想，或許如同李國修老師所言：「一個人一輩子做好一件事就夠了。」那比升幾次官還重要。

那日公民老師和我帶同學到臺中地檢署，獻上自製的感謝狀，給負責起訴黑心油廠的檢察官。同學在海報上寫著「我們願終生守護食安」、「終結食安風暴，從我們做起」，他們豪氣如漢士范滂，登車攬轡，慨然有澄清天下之志。

或許，當青春正盛時，我們是不斷移徙獵場的「動物」，但在某個天地俱寂的當下，我們聽見心谷跫音——這是天命所在，要定下來，所以我們變成了「植物」，根愈扎愈深，可以提供世界的蔭涼處也愈來愈大；然後知道有一天終將停止光合作用，但我們不憂不懼，因爲根基已化爲堅實的「礦物」，不僅撐高自己的城，也讓後世穩穩站在我們的肩膀上，看得更高也更遠。

如果世界可以因爲我們更好一點，不要在乎位置大小，我們可以從動物成守成礦物，用一輩子守住一個城池，就像林懷民老師守一片雲門、林杰樑醫師守一座島的食安、陳樹菊阿嬤守一個菜攤的良心。

那位公民老師雖然一直考不上正職，代課二十餘年，但她如磐石蹲踞，一輩子守護著身教以及課本字裡行間的價值，她是動物，也是植物、礦物，是這世界最需要也最快樂的「三物一體人」。

# 可以放心的人

在高學歷可能等於高失業率的今日，不要忘了，擁有讓人放心的品德，可能是「推自己往上流動」更有力的引擎。

「唉，我教不了他，你的學生……不能用。」

三年前介紹一位學生給補教界的老朋友當徒弟，近日巧遇，詢問學生近況，想不到得到令人失望的回答。

「一開始教他要先搞熟字根，再把過去三十年的考題研究一遍，但半年過去，這些蹲馬步的基本工沒做好，還到處抱怨我不讓他上臺，想想算了，讓他繼續當流浪老師吧。」

這眞是個令人扼腕的消息，因爲這個學生自名校畢業，長相好，又說得一口流利英文，但畢業後做了銀行、貿易、保險幾個工作後，都無法得到理想的薪水，加上父親生病，需財孔急，回校向我求助：「老師，有沒有快一點賺到錢的方法？」

我想到自己未任公職前，在補教界的老同事M老師。M月入頗豐，每個人都羨慕他的高薪，但我知道他下過苦功，腹中有料。加上M即將「退出江湖」，很想把「畢生絕學」傳給有心人，如果學生能當他的傳人，應該可以稍解家中經濟燃眉之急。

然而可惜的是，學生這一次又敗在「不夠虛心」的心態上。他的英文口說好，但到職場上，還需要其他技能，才能成爲「有用」的人，但他總是無法學到該專業的精髓。

我從念大學開始打工，做了工人、貿易、廣告、新聞、教學等十幾種工作，爲了生存，嚴重「跨界」，現在快五十歲了，最大的心得是「所有的專業，認眞學，半年小成，三年大成」，但前提是「有效的學習」。這「有效的學習」看似簡單，其實是造成「階級複製」的最大關鍵。

在資訊不對等的年代，誰能擁有更多資訊，誰就能更快勝出。因此許多父母用一輩子摸熟一門專業後，用最短時間教會自己的孩子該專業的「核心知識」（或不傳之祕），讓孩子不必重複多數人漫長的「試誤」過程。

例如一位念建築系的學生，畢業作品是「北京老社區都更企畫」，一問方知他的父親已在大陸從事營建二十年，深知市場未來的需求。另一位大學念公共衛生的同學也在醫師爸爸「熟門熟路」地安排下，在國外念完醫學院，現在已是事業有成的醫美醫師。甚至一位工作是綁鋼筋的親戚，念茲在茲的也是如何讓兒子成爲工地的工頭，他說：「我沒有其他本事，但我可以讓他快速站在這一行的高點上。」親戚點出了「階級複製」的核心。

我也利用「資訊不對等」，希望女兒複製我的階級。因爲從事語言教育，我知道許多專家所謂的「小學再學外語」，其實是自欺欺人，因爲七歲時，人的口腔肌肉已嚴重固化，耳朵的靈敏度也降低許多，所以在女兒四歲時，就把她送到雙語幼稚園，先把口語練好。上國小仍繼續待在有ESL美國國小課程的安親班，學費竟比傳統寫測驗卷的補習班還省。

上國中前，女兒的單字量已有高一的程度，但對臺灣注重的文法及英文寫作仍有高度恐懼。所以在女兒高中聯考拿到PR60幾後，我決定讓她念高職，繼續念「我能幫她」的應用英語科。她紮紮實實跟我學了兩年的文法及寫作，很幸運地參加「技優」比賽，之後保送第一志願。

我女兒是「階級複製」的幸運兒，但不見得每個家庭都能複製，因此大多數人必須依賴其他有心人傳授階級的專業，而這些「有心人」，只敢將他的專業授予「可以放心的人」。

多年前，我曾將自己的教學精華分享給同事K。K的外貌好、口條佳，就是沒時間做講義，所以常常跟我要「研發成果」，沒有心防的我，把資料全給了她。某一天我走進教室後，看到黑板上抄滿我「研發」的口訣，很高興K認同我的教學邏輯，此時我詢問還留在教室裡的學生：「剛剛上課的老師是K吧？」

「是啊，她超厲害，她說黑板上的東西都是她發明的。」

多年後，我已離開補教界，在學校重啓我的教學生涯，一天接到K的來電：「你能教我怎麼考上公立學校嗎？你知道少子化後，補習班課少了，市區的課都排給那些大牌，我不想再搭很遠的車去接很少錢的課。」

我對K的境遇感到可惜，詢問以前的同仁，得到的答案是：「我不敢教她，我對她『不放心』。」

什麼是「可以放心的人」？我想了很久，直到最近看了統一企業創辦人高清愿的傳記，終於瞭解，高清愿正是「可以放心的人」。

高清愿父親早逝，從小與母親相依爲命，「貧困」二字是他童年最佳寫照；所以他十三歲就當童工，從月薪十五元的草鞋店童工開始做起。十六歲時，他去吳修齊兄弟創辦的布行當學徒，高清愿待吳修齊如師如父，吳修齊觀察他多年後，知道他是位正人君子，所以在高清愿二十六歲時提拔他擔任臺南紡織第一任業務課長，最後將整個管理臺南幫的大權交給高清愿這個「外人」。

高清愿常說：「用人之道，有德無才，其德可用；有才無德，其才無用。」所以他任人舉才的第一個條件是擁有「讓人放心的品德」。

一九八六年，高清愿在五位副總經理之中，擢升另一個「外人」林蒼生爲執行副總。一九八九年，把整個統一企業總經理的棒子交給他。記者問高清愿原因，他說：「把棒子交給林蒼生，我很心安。」

臺灣目前的資源集中在四年級與五年級的手中，他們即將在十年內慢慢退下職場，每當與他們交談時，他們除了對自己的「畢生絕學」感到驕傲外，「欲把金針度與人」，更是他們共同的焦慮，總想著：「要到哪裡去找一個可以放心的人，把階級的知識與資源傳給他？」

在過去，我們一直強調「教育是幫助階級流動最大的利器」，但馬克斯知道教育披上考試制度的大衣後，「考試只不過是官僚的知識洗禮」。

大學多元入學被批評對弱勢生不利，二〇一五年，低收入戶學生報名人數比去年增加十八人，錄取人數卻比去年少十六人，擠進頂尖大學的比率更低。臺大等十一所頂大共錄取七千五百人，經濟弱勢生僅一百三十六人，占一．八%；臺大錄取一千四百八十六人，十一人是弱勢生，僅〇．七%。

在教育愈來愈難幫助階級流動的今日，世界充滿了懷才不遇的張良，但別忘了，二十一世紀的橋頭也正站滿了急覓良才的杞下老人，他們正在尋找那個「可以放心的人」，將手中的《太公兵法》交給他。所以，擁有讓人放心的品德，可能是現世「推自己往上流動」最有力的引擎！

# 尤里卡！談浴缸與靈感

——點子，只是扛起責任後的附加禮物；靈感，只會漂浮在勇者的浴缸上。

「寫得完的，你洗個澡就有靈感了。」

「你怎麼知道我每次洗完澡就有靈感了？」

四月訪英前，我和楊志朗老師在臺中高鐵站碰面，談到出第三本書的稿約壓力，驚訝於他竟然知道我每天洗完澡後，都有寫不完的靈感跑出來，吹頭髮前，都先要拿張紙趕快記下來，以免靈感被吹風機吹掉。想不到志朗老師遇到解不開的難題時也和我一樣，都在洗完澡後，靈臺空明，創意無限。

兩千多年前，在希臘西西里島東南端的敘拉古城，也有一個洗澡時苦思如何解開金銀皇冠謎題的人，結果洗澡水的浮力給了他靈感，他不禁高興地從浴缸跳了出來，光著身體跑出去，邊跑邊喊「尤里卡！尤里卡！（希臘話的『發現了』）」他是阿基米德（Archimedes），一個永遠在思考、永遠勇敢面對難題的人，我曾以為我父親也是另一個阿基米德，也以為給他一個支點，他真的可以舉起整個地球。

小時候覺得我父親是神，他常敘述自己如何透過創意見到總裁，如何打敗群雄拿到川崎機車中彰投獨家代理權。他說自己常睡到一半想到解決問題的辦法，馬上爬起來寫下，怕隔天醒來就忘記。

我好喜歡父親那時候「永遠向前」的氣勢。可惜的是，三十五歲後，他不怎麼回家睡覺了，他仍然會說臺北有貿易公司、屏東有工廠、彰化有摩托車代理，但他的心思開始放在享樂與擺闊，不會再睡到一半被一堆創意叫醒。而創意是解決問題的能力，一個不再面對問題的人，不可能再有創意了。

金山銀山，如果放在有破洞的船上，有一天也會沉入大海。

父親的船沉得很快，那年他才四十四歲，我十九歲。到現在三十年過去了，父親仍然瞧不起他的兩個小兒子（包括我）；他最瞧不起的是老三，我的雙胞胎哥哥，他得過癌症，高中聯考分數只有我的一半，更比不上考上南一中的大哥和建中的二哥。

父親開公司時，三哥只能當倉庫管理員。三哥後來將身分證及印章借給父親，公司的負責人成了三哥，父親公司倒閉後，三哥成了負債一千多萬的票據犯。

後來三哥自行創業，開始會睡到一半爬起來想事情，然後匆忙寫下來。幾年之後，他成爲四家補習班的老闆，一個月所得比其他兄弟加起來還多。

到現在的學校服務後，我也染上了一夜數起的「壞習慣」，遇到大挑戰時，枕前一定要放著紙和筆，隔天醒來，紙上常常布滿潦草的塗鴉，這些塗鴉後來成爲學校的創意校訓，成爲校刊的專題，成爲我的詩，成爲我的書。

有些同事稱我點子王，有褒意亦有貶意，因爲我的一點構想，可能增加他人額外的勞務。

當大部分人給我「無限創意、隨時有靈感」的形象時，我知道，自己還是父親瞧不起、自小成績不好的么兒，但我願意用一次次夜起，記下我在世界曾經存在的證明。

其實，我討厭被稱爲點子王，因爲這稱呼似乎是形容一個不動手的人，人們常忘記，所有點子都是潛意識對責任不離不棄後的結晶。不管「點子王」的稱呼是不是調侃，我已經知道——點子，只是扛起責任後的附加禮物；而邊跑邊喊「尤里卡！」的靈感，只會漂浮在勇者的浴缸上。

# 五子棋的人生

從「被迫做」的事中，找到「能夠做」的事，再從「能夠做」的事中，找到「夢想做」的事。

陳文茜在〈太多幸福，或太少幸福〉文中，描述一位到日本學完廚藝的女生千子，在臺北東區開了一家餐廳，每天工作十三個小時，但店租升到每月二十萬，她被迫習慣那「壞掉的生活」。有一天她終於崩潰，找到陳文茜，尖叫地說：「我一直在等待天使，但我覺得所有的努力都被摧毀！」陳文茜在文末說：「這個國家太對不起年輕人……他們的青春不是拿來做夢的。」

陳文茜形容的是今日京兆臺北，一個吃掉年輕人夢想的怪獸。二十五年前，二十四歲的我，在臺北工作，月薪一萬二，房租八千，一樣迫於經濟現實，逃離這隻噬夢的猛獸。我毫不猶豫地丟掉了「開書店」、「環遊世界」、「當作家」、「拍電影」的夢想。二十四歲時，我的夢想只有一個——活得下去。

「活下去」是夢想？真的，因爲那時彰化老家被法院拍賣，向親友借錢買回後，還欠一堆債。加上同命的雙胞胎哥哥罹患癌症三期，正在做化療，我每天睜開眼想到的是「老天什麼時候也讓我得癌症」、「如果得了，我能和哥哥一樣勇敢照鈷60嗎」、「每天黏鞋子做代工的媽媽，吸了太多強力膠，身體會不會病變？」

離開繁華京洛，忍看夢醒事散。我的人生如果是一盤棋，那年已退無可退，只能防守，再也無法進攻了。

打開家鄉的報紙，除了補習班英文輔導老師一職外，無一能勝任，但我討厭英文，文法一竅不通，大四預官英文才考八分，證明不是爛假的，怎麼辦？為了活下去，只好逼自己從頭學起。

重新學英文，是向現實低頭嗎？是的，但低頭時，發現很多以前沒看到的好風景。原來，英文的字根充滿了原民的想像，例如與「流」相關的字，都取水聲「ㄌ音」，例如「流」、「漏」、「淋」；英文「flow（流）」、「leak（漏）」、「flood（洪水）」、「flu（流行性感冒）」、「fluid（流體）」、「liquid（液體）」、「fluent（流利的）」也是，太多了。結果編一本以聯考題為例句的字根講義，突然成為我二十五歲時的夢想；之後五年內，我竟然編了共兩千多頁的「字根字首」、「英文作文」、「高中文法」、「高中同義詞片語」、「高中同義詞」、「英語發音規則」、「介系詞大全」等講義。

五年後從書堆裡猛抬頭才驚覺，原來有壓力才有動力，動力會激發潛力，潛力再化為能力，等到有了新能力後，夢想也可以轉彎。

編完這些書，它們都成為我大腦裡的圖像記憶，站在講臺時，不用看書就能寫滿一整個黑板。這個能力讓我可以與兄弟一起還清家裡的債務，還考進夢想的學校服務。我慢慢瞭解，回到英文這一步棋，本來是守勢，但我在厭惡的領域中找到樂趣，並放大樂趣，如此一來，守勢中亦有攻勢。

我體會到人生像下一盤五子棋，現實是守，夢想是攻；如果每一步棋都能攻中帶守，守中再帶攻，那麼，或許我可以在現實中慢慢追回當年放棄的夢。

在私校服務的第四年，我向訓育組申請開立電影欣賞社，然後回到看電影、閱讀電影書籍，以及講影評的「電影夢」。

考進公立高中後，教務主任說：「你們是高中部第一屆老師，隨便你們玩。」我把這句話解讀爲「在現實工作之餘，有什麼夢想，就去做吧！」所以我創了校刊社，圓寫作的夢；然後因應學校需求，辦理遊學，圓了「環遊全世界」的夢。

明年，我就要五十歲了，如果有人問我：「你的夢想實現了嗎？」我想，我會這樣回答：「圖書館圓了我『開書店』的夢；因爲指導五個社團，我同時實現了『當作家』與『拍電影』的夢。現在只要有機會，我仍然想在現實的守勢中，偷渡一點夢想的攻勢。」

在經濟低迷的時代，許多人的夢想可能和二十四歲時的我，或像陳文茜文中的千子一樣，只求活得下去。但與現實妥協並不可怕，可怕的是沒找到「在現實中做夢」的邏輯。這個邏輯就是從「被迫做」的事中，找到「能夠做」的事，再從「能夠做」的事中，找到「夢想做」的事。

學生L學日本料理，自己開店，假日生意雖然不錯，但因週一至週五來客不多，迫於現實只好關店，到臺中市南屯區一家素食餐廳擔任大廚，他「能夠做」傳統素食，但他用「夢想做」的日本懷石料理方式呈現，結果餐廳生意大好，不斷加薪。L反守爲攻，又走回夢想的路上。

這種有選擇、有轉折的「棋路」，就像前統一超商總經理徐重仁說：「對的路，要後來才知道是對的。你唯一可以做的，就是在每一個人生的分叉點上，走穩你的路。」

世事如棋，與命運對奕偶爾會居於劣勢，但在劣勢中不能有攻無守，也不能重守輕攻。在棋盤直線與橫線的交叉點，只要慎下每一子，我們不僅可以立於不敗，堅持久了也可能遇到「雙活三」或「雙四」，然後一顆顆「現實」的棋子竟然五子連珠，串連成一條叫做「夢想」的璀璨大路。

# 用受衆思考，成爲世界的耳朵與眼睛

表達要把握AIDA理論，指的是一開始要引起注（attention），然後要產生興趣（interest），接著是誘發往下看的欲望（desire），最後是接受論點去行動（action）。

「你把前面的流水帳都刪了好嗎？」

「不行啦，老師，每一個人都這樣寫，我怎麼可以不一樣？」

「就是每一個人都這樣寫，你才應該不一樣。」看學生推甄的備審資料，前面六行全是父母職業、兄弟姊妹介紹、畢業中小學介紹等，我忍不住皺眉頭。

「你有沒有想過，當一個教授連看兩百篇這種與申請科系不相關的流水帳，他會不會很厭煩？」

「會吧，那我該怎麼辦？」

「用『受眾思考』寫作啊！」

「受眾思考？誰是受眾？」

「就是閱聽者。例如看電影的叫觀眾、聽演講的叫聽眾、看書的叫讀者、評參賽作品的叫評審、看FB的叫網軍。」

「老師，你講得太複雜了，我只不過寫個備審資料，和其他受眾的類型有什麼相關？」

「都是表達，當然相關！所有表達都可以應用到AIDA理論。」

「AIDA理論，和愛迪達有關係嗎？」

「別說笑，AIDA是四個單字的字頭。attention指的是一開始要引起注意，然後interest是產生興趣，desire是誘發往下看的欲望，action是接受論點去行動。這是來自行銷學的理論。」

「老師可以舉個例子嗎？」

「例如，金馬獎與奧斯卡頒獎典禮，你喜歡看哪一個？」

「當然是奧斯卡，因爲他們會用笑話開場，講話有重點，不會講太長，但金馬獎的頒獎人常是自說自話，讓觀眾無聊到眼前三條線。」

「笑話開場可引起『注意』與『興趣』；講重點，不講太長，就是尊重觀眾的受眾思考。」

「那備審資料要如何依照這個理論操作呢？」

「例如你要推甄行銷系，自傳第一段只寫『我的夢想是行銷臺灣』，這樣與其他流水帳的開頭產生差異化，就可以引起教授的『注意』與『興趣』。然後你的社團參與、獲獎紀錄、小論文寫作、閱讀計畫、座右銘和生涯規劃等，全部都圍繞『行銷臺灣』的主題，把其他不相關的雜質全部去除，這就是講重點，就是尊重教授的『受眾思考』。當教授覺得『受到尊重了』，當然較可能採取『行動』，錄取你。」

「好像有點道理，但FB寫東西也叫創作嗎？」

「當然也叫創作，而且是可以影響一國根本的創作。臺灣人瘋臉書比例爲全球之冠，據臉書官方在二〇一三年公布的臺灣用戶數據，每天至少一千萬人上臉書。去年在中壢還有素人用臉書選上市議員，甚至藍綠兩黨使用臉書宣傳的創作能力，正是決定二〇一四年縣市長大選結果的重要因素之一。更扯的是，連美國二〇一五年三月的調查，有七五％的老闆在雇用員工之前，會參考應徵者的臉書發文。」

「有這麼厲害嗎？」

「當然，以老師自己爲例，從三年前在臉書發文時，就考量在十倍數的年代，一定要在第一行就抓住讀者的眼光，所以我使用以前寫廣告時的AIDA理論，第一句就引起attetion，所以會用全文最有「戲劇張力」的句子開頭。例如我曾用「認眞，是認了才會成眞」開頭，寫我女兒認識自己局限，而後美夢成眞的故事，最後一萬多人按讚，甚至吸引出版社幫我出了生命中的第一本書。

而在〈一個野百合父親寫給立法院女兒的四十封信〉文中，我用西方論說文的評分理論開頭——除了證明自己對之外，也要承認另一方也有對的部分。結果文章有超過十萬個人按讚，有七家電視臺報導，這也成了我第二本書的書名。」

「老師，這離聯考有點遠，作文課也好像不強調這些吔。」

「作文課的訓練主要是爲了幫助同學聯考，但若能將這些能力轉化成一生帶著走的能力，那不是事半功倍嗎？」

「嗯嗯……」同學臉上似乎還帶著疑惑，他可能覺得我講的東西離課堂的書本很遙遠。其實，課堂是一時，職場是一世。工研院簡報實驗室創辦人孫治華曾說：「任何人只要願意用『讀者看得下去』的語言，連續在網路上分享自己的專業三個月，他不成功也很難。」

在許多學生抱怨世界不聽他們的聲音時，我好想告訴他們：「當我們使用『受眾思考』表達後，世界才會將他的耳朵與眼睛轉向我們。然後，我們才有可能成爲這個世界的耳朵與眾生的眼睛。」

# 溝通力：傾聽、尊重、幽默

如果學了一輩子語文，只能應付考試，卻缺乏一輩子需要的表達能力，那我們的課程是否需要調整？

「跟你這個念文學的人講話眞的很辛苦，一直在鋪陳，讓人找不到重點。」初任教職時，常聽到理科老師向我抱怨，當時我覺得他才奇怪。心想：「我是老師吔，怎麼可能不會講話？」

快四十歲時當了主管，只覺得每次我講完話，現場的氣氛都不太好。有一天，同處室組長終於忍不住轉達其他人的抱怨：「爲什麼每次和你們主任講完話，都覺得被當笨蛋。」

「妳怎麼回答？」我有一點動氣。

「我就回答，其實我們主任沒有惡意，他只是比較不會講話。」當時我完全無法接受別人說我不會講話，後來終於發覺，我・眞・的・不・會・講・話！

那一年，我帶學生到德州一所公立高中參訪。一天下午，全校老師都在體育館「擺攤」，連負責接待我們的中文老師都麻煩我們的學生舉起海報，上面寫著：「來修中文，六月參訪臺灣。」

這場景太令人震撼了，一問才知，這所高中有五〇％必修課，五〇％選修課，有些課若沒學生選，老師會被解聘，難怪老師要「擺攤」。

我到處閒晃，逛到一門communication（溝通）的攤位前，一位拉丁裔老師正爲拿著文宣的「潛在客戶」講解：「很少人天生會溝通，我們都需要學習。」

我趕緊拿起一張文宣瞧瞧：第一堂「溝通從傾聽開始」；第二堂「有尊重才有溝通」；第三堂「幽默是最好的溝通」；第四堂「重點要擺前

面」……我看完後，目瞪口呆，也以此檢視自己的溝通習慣，驀然覺醒，我習慣搶話，不認眞傾聽；我自以爲是，不尊重異見；我不會用幽默來緩和僵局；我連聊天都在起承轉合，忘了把主題句（重點）放前面。

我不禁讚美這位老師，但她卻回答：「其實我的課很危險，因爲全校與說話相關的課程與社團共有十四門，包含presentation（簡報）、debate（辯論）、leadership（領導）、marketing（行銷）……」

哇！十四門課，好大的文化衝擊。我想起一位在奧斯汀市府工作的臺灣同鄉，她是這麼解釋自己無法升官的關鍵：「美國人會選presentable的人當主管，這個字是『體面的』和『會講話』的意思，所以美國人從小學開始就要學生帶自己家裡的東西，到學校Show and Tell（展示與說故事）來練習講話。但我們臺灣把表達能力的培養都丟給國文老師，國文老師再把表達能力都丟給紙筆作文。從小到大，眞的沒有人教我們講話。你看臺灣金馬獎的頒獎人和奧斯卡頒獎人的口語，再看看臺灣立法院和西方國會的語言差異，就會瞭解有沒有學講話，眞的差別很大。」

這些分享如醍醐灌頂，讓我不禁反思，如果學了一輩子語文，只能應付考試，卻缺乏一輩子需要的表達能力，那我們的課程是否需要調整？

第二年德州的學生來臺參訪，他們告訴我，有兩位老師因爲選修課開不成被解聘，我當下眞的嚇呆了。現在教育部計畫在二〇一六年全面推動高中選修課程，我不知道在少子化的雙重壓力下，臺灣會不會有老師「擺攤」要學生選課的現象，但有一點我深信不移——時代不一樣了，要趕快學會「傾聽」、「尊重」與「幽默」。

眞的，我要開始認眞，認眞學講話了！

chapter

03

# 酸甜苦辣——青春的祕密花園

# 同學，我們把妹去

真正能吸引對象的可能不是最炫酷的髮型，而是一個幫媽媽洗碗的動作，或是掃地時間絕不偷懶的精神。

記得念高中時，一群賀爾蒙作怪的臭男生湊在一起，話題永遠離不開女孩子，但書空咄咄，最後總以一句「好想把個妹」收場。十七歲的寤寐思服，換來的總是求之不得，而女孩悠哉悠哉，像是飄在另外一個星球的生物。現在有了念大學的女兒，加上擔任教職二十餘年，女學生常會分享心事，才終於瞭解，大部分的男生都搞錯重點了。

一位外貌與經濟條件均佳的女學生，在經歷過一段不堪的婚姻後，不禁嘆道：「要是我早一點擁有擇偶的智慧，我的人生就不會陷落在這一塊。」

「如果再年輕一次，什麼會是妳選擇對象的第一條件？」我很好奇。

已有一女、剛過而立之年的女學生很肯定地回答：「要有付出的習慣。前夫是我的同事，外貌不錯，感覺是一個可託付終生的對象，沒想到他是一個吝於付出的人。」

「但結婚前，男生常隱藏自己的缺點，如何判斷他是不怕付出的人？」

「老師，我發現可以從他與朋友的關係判斷，一個自私的人不會有太多眞心的朋友，婚後我才發覺前夫只有同事，沒有莫逆知己。」

上週與太太拜訪大姨時，都有女兒正值荳蔻年華的我們閒談到「擇婿」的條件，大姨提出一個很類似的標準：「看他與親人的關係。一個被親人嬌生慣養的男生，日後與妻子的關係也不可能太好，因爲妻子是新的親人。人是一致性的，一個習慣被照顧的人不可能在結婚後就變得會照顧人。」

我想起自己家中四兄弟，三哥最勤勞也最會照顧人，雖然得過癌症，但回到職場後，仍能吸引到風姿綽約的三嫂。最後兩人一同創業，現在事業有成。年輕時養成的好習慣，不僅影響日後的職場生涯，還可以滋養一生的情愛。

念大學的女兒現在交男朋友了，妻子問我爲何一點都不擔心，我笑答：「我『調查』過的，那個男生從小就跟著父親到工地打工，加上非常孝順，有這樣付出習慣的男生，我比較放心。」

當然，會讓人生死相許的愛情是一生修不完的課題，女兒和我的學生們都還有遙迢長路要走，但爲人師、爲人父的我，總希望現在的男學生別重蹈自己毛躁徬徨的苦澀青春。原來生命是一條長江大河，能量積蓄夠了，總會與另一條大河匯流，而那蓄積的能量可能不是最炫酷的髮型，而是一個幫媽媽洗碗的動作，或是掃地時間願意付出的精神。

好逑淑女的男子們，下次掃地鐘聲響時，別癱坐在座位上，趕快拿起你的掃具往指定的戰區衝去；然後，會有採荇的女子在河之洲凝望，她們在等待一個不怕付出的你，歲歲左右流之，一生左右采之。

# 我們不是天使

一生中，有時候是你造就了選擇，有時候是選擇造就了你。

「你和他聊聊吧，他一直說自己是垃圾。」親人的眼神絕望，希望我能幫得上忙。「他和同學去書局偷書，被抓到後送警局，從此失去信心。」

我走向男孩，坐下，鼓起勇氣說出我的祕密：「我也是小偷。」

男孩抬起頭來，一臉疑惑：「眞的假的？」

「眞的，而且一偷就是兩年。」其實我早已忘了這段塵封的往事，今天能平靜地說出來，自己都感到訝異。

「小一時，我看到大哥從媽媽的抽屜裡拿了五元，看了一場電影，我也有樣學樣。但大哥可能只拿一、兩次，我卻拿上癮，而且愈拿愈多，最後都是兩百、三百地拿。」

男孩眼睛睜得很大，露出清澈的眼神，他對於這位爲人師表的親人竟曾有如此不堪的過往，感到不可思議。他問：「最後怎麼被抓到的？」

「是被家裡的會計抓到的，他通知我母親，然後在人來人往的會客室，我母親不斷地訓斥我，告訴每個路過的人：『他是小偷！』」

「好丟臉！」

「眞的丟臉，我漲紅臉，不斷啜泣，只記得我的頭擺得好低好低，我以爲……」我突然有點激動：「我以爲這一輩子，我的頭再也抬不起來了。」

「你很自卑？」

我點點頭，我知道「自卑」也是男孩目前的心態。

其實家人從此再也沒有提起這件「見不得人的事」，但每隔一段時間，那張不敢抬頭的臉還是會囁囁自語：「別忘了，你是小偷。」

不知是誰說的俚語：「細漢偷挽瓠，大漢偷牽牛。」我深信不移，一直在等待自己靈魂的崩壞，而且相信有天我會偷牽一隻大牛來昭告天下，這是一顆「壞種」無誤。

大四那年，我知道自己學分補不完，確定延畢，一個人像遊魂般走下山，踱到淡江戲院前，也不看上演什麼戲，買了票就衝進去，只想把那顆「壞種」藏在黑暗中。

螢幕上，勞勃狄尼諾和西恩潘兩個傻蛋飾演不堪被獄警欺壓的逃犯。他們爲了不被抓到，逃入教堂，結果誤打誤撞穿上神父的服裝。他們仍是一副痞子樣，但被迫要以神父的身分做出指示時，身上善良的本質漸漸顯露出來。勞勃狄尼諾在片中回答信徒：「如果上帝讓你覺得舒坦……就去相信祂，那是你的事。」電影並沒有告訴我上帝有多偉大，但它提醒我有個讓內心更爲「舒坦」的東西存在。

出了電影院，瞄一眼電影海報，才知道剛剛看的片子叫《我們不是天使》（We're No Angels）。「是啊，我不是天使！」我知道自己壞。

出社會後，爲了還清老家債務和買房的貸款，在私校任教時，我不得不同時跑補習班兼職，同事看我行色匆匆會笑我：「你那麼缺錢嗎？」我不好意思回答。我知道自己壞。

但有些聲音慢慢在身旁出現，「謝謝你，你是改變我一生的老師」、「被老師教到好棒，覺得頭上有光環」。頭上有光環？不可能吧！我只是一個遲到早退、市儈貪財、在補習班賣藝的教書匠。我知道自己壞。

在太平任教時，「誤會」我本質的教務主任，竟爲眼前瞎忙的我所矇蔽，一直稱讚我：「謝謝你主動扛起這麼多責任，謝謝你一起把這所新學校辦起來了！」我開始懷疑自己。

轉到現在服務的學校後，我突然立志：以後做任何決定時，一定要做「讓自己覺得舒坦」的決定。第一個決定就是「上班不要再遲到了」，然後一天接著一天，我每個早上都在床上做抉擇，直到八年後某一天，我進校門時看看手錶，八點零三分，終於遲到了，我不禁微笑：「呵呵，我這個人還不賴，一堅持就是八年。」

然後，我當了主任，常常要上臺對幾千個人講話，當下只覺得自己是個騙子，雖然嘴裡講的是規矩，心裡卻在OS：「別被我騙了，我知道自己壞。」

後來在書上讀到一種病，叫「假裝症候群」，臨床定義是：病人無法內化個人成就，總覺得自己是個虛張聲勢的騙子。我才發覺自己原來得了這種病。

這幾年，我痊癒了。我知道因爲「不斷正確地選擇」，自己已經變成一個完全不同的人，我開始相信自己的出發點是善良的，開始確定自己的言語是眞誠的，甚至，知道自己並不壞。

四十年前那個偷錢的男孩已抬起頭來向我道別了，但我知道另一個男孩心中的「偷書賊」還沒離開。

男孩今年考上國立大學了，每次看到他，頭仍低低的。「他還是自卑，還是不相信自己，還是常說自己爛。」親人們談起他時，仍是這樣的感覺。

我知道那種沾黏不去的罪惡感，我知道要肯定自己有多麼難，但我知道選擇能帶來改變。就像二〇一四年的電影《如果我留下》（If I Stay）中的臺詞：「一生中，有時候是你造就了選擇，有時候是選擇造就了你。」（Sometimes you make choices in life, sometimes the choices make you.）

是啊，是選擇造就了現在的我，我仍記得「過去我曾做過壞選擇」，但我想告訴即將成爲大學生的男孩，只要未來做每一次選擇時，我們都能做「讓自己覺得舒坦」的善良選擇，選擇就會造就我們，讓我們頭上再長出光環。

男孩，光環會再長出來，即使我們不是天使。

# 貪玩是個好習慣：Work smart & Play hard!

背著壓力玩樂，一生將是焦慮不斷輪迴；若換個順序，先做再玩，生命會輕如千里快哉風。

幾年前，一位模聯的女學生和我分享一個令她匪夷所思的人。她在MSN上遇到一位名校的代表，想要討論結盟之事，結果得到回覆：「明天晚上八點四十五分到九點用Skype談，但討論時請先想好重點。」

模聯見面時，她問他爲何如此「異類」。

「第一，因爲說話的速度是打字的五到十倍，打字聊事情實在是浪費生命。」男同學的第一點就令人震懾。「第二，一般學生開會根本不先設定議程與時間，最後變成閒聊。第三，開會如果超過十五分鐘，讓我書讀不完，就會影響打球玩樂的時間。」

今年已上政大的女同學回來找我時，再次提到那位男代表，她有感而發地說：「他徹底改變我對時間的概念，原來『貪玩』可以成為有效運用時間的動力。」

我完全認同女同學的話，因為「貪玩」是我現在最珍惜的習慣。我從小玩心重，暑假作業永遠撐到最後一天寫，高中要重考，大學還搞到延畢，如果以尼采的標準分類「用意志力分級人類」，我大概是爛到爆的那一級。幸好爛到一個極限，我開始覺得羞恥。大四時為了考預官，大年初二就向家人告別，揹著一顆白菜、幾個罐頭，就一個人上山去了。

在山中第一天先寫好進度表，國文、英文、國父思想，加上智力測驗，每一科要念三遍，然後自己暗笑：「呵，又是一次大而無當的失敗計畫。」但第二天照表操課，牆壁上的進度一格一格被劃掉後，慢慢有了自信，竟然下午四點多就念完一天的進度，然後拿著籃球衝到球場，鬥牛到汗水淋漓後，迎著晚風，看落日將淡海染紅，當下暗暗立誓：「想要無憂無慮地玩，以後一定不要閃避責任！」

一個月後，我如願考上預官，受到激勵，開始喜歡「先去挑戰最難、最恐懼的事，再去享受人生悠閒的晚風」。其實，紅塵一遭，人人任務在身，該擔的責任，早擔晚擔都一樣重，但背著壓力玩樂，一生將是焦慮不斷輪迴；若換個順序，先做再玩，生命會輕如千里快哉風。

現在我仍然貪玩，年度時間分配是先把十五次旅遊空出來，然後排入陪伴家人健走、球敘、死黨茶敘和週末電影。都在玩？沒錯，在人生無止盡的比賽（game）中，每一個人都應該是聰明的玩家（player），爲了play hard，我們一定要學會work smart。

work hard和work smart有什麼不一樣？前者是動手不動腦，沒有方向地抱頭猛衝，缺乏效率與方法；後者是工作前先評估時間的局限，然後逼自己用專注與創意把事情做完又做好。如果不是因爲貪玩，我不可能學會專注、找到方法，讓自己從指導一個社團，增加到五個。連負責的處室業務量都增加一組，現在還能加上專欄書寫和演講邀約。

教學二十多年，我常提醒學生一起work smart，才能在一起play hard。貪玩的個性只要用對方向，絕對是個好習慣，會讓我們在工作時學會專注，在遇到困難時找到方法，最後在疲憊時找到力氣。

一隻不會玩樂的工蜂只是時間的奴隸；但能專注覓食，然後悠閒玩樂的獅子則是草原的王者，也會是時間的主宰！

# 不快樂的時候，做對的事

快樂是可以練習的，我大腦的「快樂迴路」好像是身上的肌肉，訓練後韌性變強。

「我不適合你。」

看到信末這一句話，我失神喃喃道：「喔，這就是失戀！」失戀該做什麼？應該哭一場！所以我掉了幾滴淚，可是，怎麼愈哭心愈痛？因爲那個眷村女孩的條件眞的很好，我這一輩子大概再也碰不到這麼好的女孩子了。

我去敲敲隔壁珊珊學姊的門，想請問她，女生到底在想什麼？但學姊上課去了，我只能踱回房間，準備繼續憑弔生命中的第一次失戀。但有東西擋我的路，撿起來想往牆壁捶，好好表現一下電影中男性失戀的壯烈感，但這東西沉甸甸的，原來是網球拍，砸牆壁應該也砸不爛，那就去打網球好了。

之後兩個小時，淡江大學靠近大田寮的網球練習牆陪我認真對打，我拉拍揮拍、揮拍拉拍，眼中只有翠綠的slazenger網球。等到一身大汗淋漓，夕陽將我的影子拉到樹梢時，才橫拍賦歸。

回程走宮燈大道，上坡時，宮燈正一盞盞亮起，背後太平洋的大風吹得我整顆心滿滿的，覺得流汗眞好！年輕眞好！但等等，我不是失戀嗎？我不是該難過？或是顫巍巍立在驚聲大樓樓頂上，望著樓下如蟻的人群，讓一生在腦海中如畫片快速轉過嗎？搞什麼？自己都覺得有點爆笑。

隔天上學，瞥見教官和一群女同學圍在松濤館前的花圃。「聽說昨天有人跳樓」、「好像是失戀」、「有沒有死啊」，身旁的同學你一言我一語，又提醒我剛失去F大系花級的女朋友。我是狗屎運才追到她，相貌平凡的自己，此後經年應是洛陽花季已過，終南殘枝餘生。那麼，該繼續難過，向世界宣示自己的不幸嗎？

「鐘聲響了，教聖經的Gades教授會點名，快走！」同學在催促，我沒太多時間考慮，當下決定今天要快樂。既然難過是一天，快樂也是一天，那今天就決定快樂吧！

那是二十一歲，二十八年前的往事了。我記得我的第一次失戀，還有那顆氣血飽滿、蹦跳兩個小時、沒有叫累的網球，那是悲歡交集、充滿違和感的回憶。很佩服自己那時竟可以理性地面對悲愴，以現代語彙來說，那叫AQ（Adversity Quotient，逆境商數）很高，然而，我眞的從那一天起就擁有極高的AQ嗎？不是的，巨蟹座O型，從小哭著長大的自己，仍是憂鬱自憐得可以。

此後十幾年，我仍習慣遇到一點不順就到處找人倒垃圾，一再複習並誇大自己的不幸，搞得垃圾處處，臭氣熏天，最糟的是抱怨完也不會變得比較快樂。其實，我非常討厭那樣的自己，很想揮別這種猥瑣的人生！就像S那樣決然向過去告別！

S有過動症，記憶和理解都很慢，從小容易分心又口吃，成績常常吊車尾。小學老師曾買了全班人數的飲料，全班發完後，剩下S沒領到，老師問：「這杯是誰的，快來前面領。」於是S走到老師前面。

老師問他：「你覺得班長棒不棒？」

「很棒！」S回答。

「那我們需不需要給班長鼓勵？」

S點點頭，然後老師將最後一杯飲料給了已有一杯的班長。S的手空空的，但心中的恨卻滿滿的。當這樣的劇碼不斷上演後，心被千刀萬剮後的S，只想做傻事──自殺或把老師給殺了。

S告訴我往事時，眼神仍充滿了當年的悲苦，但此時他手中握著一本書。

「那你現在還想回去砍老師嗎？」長相俊秀的S，卻讓我想到臺北捷運上揮刀的鄭捷。

「不了，」S搖搖頭，「欺負我的人，目的就是要我不快樂，如果我變壞，以後只會變得不快樂，那他們就得逞了，所以我不要聯合他們一起欺負自己。」

「哇！你講得好有哲理喔！」

「老師，這是我最近讀到的一句話，送給你。」S慢慢寫下：「不快樂的時候，做對的事。」

「到圖書館讀書，是我最快樂的事，所以只要心情不好，就來這裡，一打開書或雜誌，不用一分鐘就忘了剛剛在煩惱什麼。」難怪每天都能在圖書館遇到S。去年S以特殊生身分考上了臺大，跌破所有人眼鏡，因爲他的學測成績贏過班上一半同學，但以前月考時，他一直是班上倒數三名。

「月考是短期衝刺，卻要考一堆知識，我讀書慢，不可能念完。」S如是解釋：「但是面對大範圍、重觀念的學測考試時，因爲我有廣泛閱讀課外書的習慣，很容易找到觀念的連結，答對率就高了很多。」陪S面對記者採訪時，我突然想到他的閱讀，就像是我二十一歲時的網球揮拍，都是我們不快樂的時候所選擇做的「對的事」。

那天我提醒自己要像S，學著在日後不快樂的時候，馬上選擇做「對的事」。我知道「負面思考」和「抱怨」是過去錯的選擇，那就開始選擇「正面思考」和「不抱怨」吧！

人是習慣的動物，一開始仍會重回舊路，在負面情緒襲來的當下，我一樣會想咒天罵地，但這種「地獄時間」愈來愈短。我大腦的「快樂迴路」好像是身上的肌肉，訓練後韌性變強，就像那年的slazenger網球，遇到重擊時不碎裂洩氣，而是反彈躍起。

眞的，快樂是可以練習的，練久了就會發現，再不快樂，像兩百磅的沙包，說放下就放下了；而再小的不愉快，只要放不下，就像是手中的六百CC寶特瓶，拿一天，手一定殘廢。

面對生命的無常，我知道有生之年不可能躲掉「不快樂」的突襲，但我現在唯一能做的是繼續鍛鍊快樂的肌肉，等待面對生命的猝然一擊時，我的快樂肌肉可以拉我起來，然後拍拍我身上的灰塵，對我說：「今天，你還是可以決定快樂！」

# 青春要與世界擊掌

——臺灣似乎正擅離這個世界，因為臺灣的媒體一直耽溺於挖島嶼的肚臍眼，假裝地球另一端的興衰哀榮與我們無關。

波士頓的雪夜，接待我的Eric帶著Stan進來。

「Stan是我從小一起長大的玩伴，現在是新墨西哥的教授。」Eric興奮地介紹。Stan脫下大衣，拿出一盒日本麻糬給大家吃：「我太太在加州超市買的。」

我看著包裝上的中文字，覺得「詭異」，連忙查看包裝說明，上面寫著「臺灣製造」，我忍不住哈哈大笑，想不到在異鄉會吃到故鄉熟悉的食物。聊完麻糬，我想到Stan是墨裔，所以向他詢問一個人，那是二〇一二年底，因爲反毒慘遭毒梟綁架虐殺身亡的墨西哥蒂基提奧市前市長葛羅絲蒂塔（Maria Santos Gorrostieta）。

「蒂基提奧市？那就在我的故鄉隔壁。」Stan第一次從我口中得知這則新聞，又知道我請學生以「葛羅絲蒂塔」爲題寫詩得獎後，激動地給我男人的擁抱：「我很感動，在遙遠的臺灣有人關心我的故鄉，還有人寫詩弔念這位女英雄。」

那個晚上，我們像是認識多年的好友，深談至凌晨四點，我們忘了語言、忘了族裔，從墨西哥與美國簽署北美自由貿易協定，談到全球化的利弊，再從馬奎斯（Gabriel Garcia Marquez）的《百年孤寂》聊到南美洲難以根絕的毒品與革命。

每次帶團出國，我最懷念的就是這種充滿吉光片羽、天馬行空式的對話，因爲不僅可以增進自己荒廢的英語會話能力，又可以長知識，最重要的是可以交到許多異域友人，像是我忘不了的另一位加拿大友人，Teresa。

記得二〇〇一年第一次帶學生去溫哥華，有天下午行程很簡單，大約兩點半參觀完五十層樓高的觀景塔後，大家就解散回到各自的寄宿家庭，女導遊Teresa問我要不要喝杯咖啡再走，我欣然允諾。在咖啡廳裡，我看到桌上報紙的斗大標題：「卡普莉亞蒂（Jennifer Capriati）奪得澳網冠軍」，我忍不住驚呼，和Teresa分享卡普莉亞蒂的故事。

卡普莉亞蒂十四歲時便成爲四大滿貫賽中年紀最小的種子球員，從此，她被稱爲網球界的「天才少女」，未滿十六歲便奪下奧網單打金牌。但隨後她染上毒癮，又在商場偷竊被抓，一九九四年因吸食大麻而遭禁賽。想不到七年後，她靠堅持不懈的努力，重歸榮耀，拿下生涯第一座大滿貫單打冠軍。這故事太熱血了，聽著聽著，Teresa突然淚流滿面，原來她讀大學的女兒正身陷毒癮，無法自拔。

那個午後，我和Teresa喝的咖啡，參著她生命濃得化不開的苦味，但卡普莉亞蒂的故事卻似窗外的冬陽，烘得心裡暖暖的。我們談了許多東西方教育的概念，聊到星星一顆顆從海平面升起。我必須趕搭最後一艘船回到北溫，Teresa才意猶未盡地道別，離去前，她說了一句影響我很深的話：「Vincent, you are different. You know the world.」（你不同，你懂這個世界）。

Teresa給了我很大鼓勵，也埋下了我日後創立新聞社，並和Michael Le Houllier共同創辦「中臺灣模擬聯合國會議」的引子。其實世界離臺灣並不遠，大家利益休戚相關，不同的族裔卻有類似的人性，一旦談到共同關心的話題，靈魂馬上可以接上線，分享美麗與哀愁。但臺灣似乎正擅離這個世界，因爲臺灣的媒體一直耽溺於挖島嶼的肚臍眼，假裝地球另一端的興衰哀榮與我們無關。

「那些年，我們臺視在華府、紐約、舊金山和世界各大城市，都有特派記者。」帶新聞社學生參訪臺視中部新聞中心時，特派員葉淑芬有「白首宮女話當年」的無盡感慨：「那時我們可以針對每一則國際新聞，發出臺灣的觀點，但現在臺灣有全世界最多的新聞臺，品質卻江河日下，一切是商業考量，國外駐地記者太貴，一個個撤了；路透社和合眾國際社的新聞太貴，也不買了。反正國際新聞收視率也不高，那就報導國內最熱門的新聞，但可憐的是下一代，他們習慣以井觀天的臺灣後，日後要如何與這個世界對話？」

我多希望臺灣學生不僅擁有小確幸，也能擁有敢與五大洲對話的大視野，然後不管是行銷臺灣，或是爲臺灣爭取權益時，全世界的人們會走到他們跟前，很肯定地對他們說：「You are different. You know the world!」

# 銀牙男與亂牙女

——感覺到自己的卑下、不如人，是所有人類的正常狀態，也是人類向上的原動力。

「妳怎麼看得上我？」

「我才要問你，你是怎麼看上我的？」

這是結婚二十多年來，我和妻之間沒有間斷過的對話，很好笑卻也很眞實，因爲我還無法「習慣」一件事，那就是每天醒來發現身旁一襲長髮，髮絲下有調勻的呼吸起伏，總覺得很不眞實。當下尋思，劣質如我怎有此榮幸，邀請到另一女子參與我的生命。待幾縷朝暉掀開我的眼，才瞭解這不是虛擬世界，然後感恩地對自己說：「對齁，我眞是狗屎運，竟然走入一個最眞的夢。」

小學時貪玩把門牙撞斷，家人帶我去裝了義齒，銀的，在陽光下會bling bling的那種，從此我不敢咧嘴大聲笑，加上皮膚黑，天生咬合不正（戽斗），個子又矮小，讓我帶著濃濃的自卑感進入青春期。

高中和大學時看著身旁男同學，因爲帥氣英挺、幽默風趣或是舞藝超群，一個個進入死會狀態，形單影隻的我，只能陪著心中的那個銀牙男自怨自艾。大二時，終於談了生命中的第一次戀愛，但一句「我們不適合」就讓花季結束，使我更自卑了。

出社會後，友人一句話：「幫你介紹女朋友，二十三歲，沒交過男朋友。」我遂遇見了現在的妻子。其實從初見、交往到結婚，我都有當「騙子」的感覺，因爲高䠷清麗的妻子是學生時代眾男子追求的對象，怎麼會選擇相貌平平、家無恆產的我？「我一定是個騙子！」我如是說服自己。

結婚多年後，好奇妻子爲何照相時總不願露出笑容。「因爲我有一口雜亂的黃板牙！」她終於說出心中的祕密。

「妳牙齒哪有亂？妳的虎牙超可愛的好不好！」我哈哈大笑。

「我的牙齒好黃，好醜！」

「牙齒黃代表是眞牙，哪裡像我嘴裡的一口假牙。」終於知道妻子心裡長久的祕密，也明白她爲何會買強力潔白牙膏。

我這些年來病痛不斷，二十幾歲才知道自己有「青蛙肢」（中臀肌纖維化攣縮症），三十幾歲得了白內障，四十多歲兩眼都換了人工水晶體，常和老婆開玩笑：「妳嫁給一個怪胎。」但妻子似乎毫不在意，我除了感激，還是感激，想想能做的，就是「成爲一個更好的自己」。

上週從書架拿下大學時代買的《自卑與超越》，讀到其中的句子：「感覺到自己的卑下、不如人，是所有人類的正常狀態，也是人類向上的原動力。」太有感覺了，連忙上網查詢作者阿德勒（Alfred Adler）的生平，才知道他小時候得了輭骨症，童年過得很不快樂，因此立志長大要成爲一位醫師。身體上的病弱是他最大的自卑感來源，卻也是他日後成為一代心理學宗師的強大動力。原來自卑並無壞處，若能善加運用，那會變成優秀的基因。

好不容易走過漫長的青春寂寥，我很想告訴那些還徘徊在愛河兩岸的自卑者，不要羨慕那些輕易過河的「人生勝利組」，認清自己的不足，每天不斷訓練肌力，總有一天能輕易游到對岸，與一生的伴侶共看日升月落。

或許，我也要感激妻子奇怪的自卑，讓她一直不敢碰觸人間情愛，最後讓我等到了（哈哈）。

這幾年爆得虛名，每當他人用太誇張的形容詞加諸在我身上時，那還住在心底的自卑總會跑出來警告我：「別太驕傲了，你只是一個充滿缺點的銀牙男，但還好，你還有機會，只要常提醒自己努力成為更好的人，老天就會應許你，遇到全世界最完美的亂牙女。」

# 永遠伸出友誼的手

對友誼的渴望讓我一次又一次把縮回去的手再伸出去，然後苦澀青春走過，知命之年將至，朋友正紮紮實實撐起我生命最真實的重量……

學期最後一堂下課後，S追過來：「老師，有一件事我一定要跟你講。你這一年辦理的『讓世界走進校園』太棒了，一定要繼續辦下去。」

去年校長詢問是否有引進外籍大學生進入校園的可能，一接洽竟然就辦了起來。這年一共有二十個國家的外籍生，在午休時段與自由報名的學生互動。S雖已是高三生仍幾乎場場參加，而且還和一位立陶宛的女外籍生在週末共同出遊數次。

S喜歡交朋友，國二時幫我接待德州參訪生；高一時參加模擬聯合國，還與我一起參訪波士頓姊妹校；高二時參加國際人權會議，甚至和人權大使——國際名模Melany Bennett——成爲莫逆，兩人一起泡湯，交換心事。

「妳願意向這個世界伸出友誼的手，這個特質好棒，妳看，妳現在交友滿天下，生命好豐富。」

「老師，其實我有一陣子不再相信朋友。國二時，班上的同學看不慣我太活潑的個性，一起孤立我，我開始變得很沉默。」S的眼神出現些許落寞。

我完全理解S眼中的落寞，因爲那太痛了。譬如有人放話堵你時，你氣憤好友放學時沒有與你走在一起；譬如你向死黨透露對某個女孩的愛慕，一週後，死黨邀這個女孩一起出遊；譬如在成功嶺，你爲保護同袍，舉發他被班長霸凌一事，結果同袍怪你多管閒事；譬如你質問教授爲何作業沒批改，又上課遲到，被你提名當選的班代站起來，要教授別理會你的無理取鬧；又譬如你和班花成爲哥兒們，你最好的朋友爲了追班花，到處說你的閒話，讓你痛到整個學期過著離群索居的日子。

我經歷這些痛，就像村上春樹《沒有色彩的多崎作和他的巡禮之年》一書的破題句：「從大學二年級的七月，到第二年的一月，多崎作活著幾乎只想到死。那可怕的孤獨、那不能置信的背叛、那如影隨形的自卑，都痛徹心扉，讓我一度以爲，我永遠無法再相信朋友，那些傷口，也永遠結不了疤。」

但慶幸的是，我的忘性比記性好，對友誼的渴望讓我一次又一次把縮回去的手再伸出去，然後苦澀青春走過，知命之年將至，朋友正紮紮實實地撐起我生命最眞實的重量：有兩個超過二十年的球友，不分炎夏寒冬，每週要鬥一次牛，相約要鬥到不能動爲止；有固定喝咖啡說心事的伙伴；有定期聚會「練瘋話」的高中同學；有一週不見一面就會想念對方的博士詩人；還有可以叫姊姊的同事。每隔一陣子，我就會因爲「幸福滿溢」，很「娘砲」地對妻子吐露心中的感恩：「妳老公是全世界最幸運的人，因爲我擁有好多愛我的朋友。」

記得那日和詩人喝下午茶時，他戲謔道：「我告訴老婆，如果哪一天我出事了，妳放心找蔡淇華就對了，他會處理好一切後事。」我當時覺得好笑又感動。一個以前只能在詩集裡「膜拜」的神人級詩人，今日竟能成爲日常對座的良師益友，這幾年杯觥交錯間的吉光片羽，竟一點一滴帶我進入創作的世界，甚至改變了我的一生。他和我都經歷過無數次友誼的背叛，但我們和年輕的S一樣，永遠相信友情，永遠相信「朋友是送給自己最好的禮物」，也相信只要願意做一個更好的人，遠方必然會有另一個月亮，靠過來和你湊成一個最美的「朋」字。

# chapter 04

# 追尋典範——做好生命的防守

# 堅持下去，你做得到

「堅持下去，你做得到！」學長的話還像那日的晨光，在所有時間的縫隙亮晃晃地直射進來，提醒我，你青春的格子還沒爬完。

「學弟，你有很大的進步空間。」帥學長還給我作文簿，欲言又止：「堅持下去，你做得到！」

三十三年過去了，我還能感覺到帥學長當年右手落在我肩膀上的重量。其實，我懂他沒講的，那就是：「你的程度眞的差學長們很多，但你唯一能追上來的可能就是繼續寫下去。」

我聽進帥學長的話，那一年寫了三本作文簿，但我還是唯一文章上不了校刊的社員。反觀同班同學L，一進校刊社就像是救世主，連社團上課時，指導老師也只坐在他旁邊，好像有訴不盡的期許。

我升上高二時退社，才想起入社一年竟沒和指導老師講過任何話。直到去年，到臺北領師鐸獎，已挺立杏壇四十年的指導老師也是得獎人之一。她主動找我說了很多話，我很開心，卻不敢說那時她身旁有光環，只有眞正的才子能踏進光環裡說上一句話，而這一句話，我竟等了三十二年。

是不甘願？還是補償心理？升上大學，我又加入校刊社，但歷史重演。同儕的光芒熠熠，又吹熄我的信心小燭。大二時，自知魚目不能混珠，我又退社了。

「堅持下去，你做得到！」這句話是安慰，還是鼓勵？但帥學長的話還像那日的晨光，在所有時間的縫隙亮晃晃地直射進來，提醒我，你青春的格子還沒爬完。

二十八歲，剛結婚一年，老婆問我：「這疊稿紙都黃了，還要嗎？」

「留著吧，有空我想寫。」然後十年過去了，稿紙愈來愈黃，寂寞的格子仍空著。但我在學校創了校刊社，當起指導老師。當我在教同學寫稿子時，總自覺是個騙子。若學生知道他們的指導老師，以前是校刊社的失敗者，他們會退社嗎？

但總是要堅持，帥學長說的。

然後，一年、兩年，校刊一編十餘年；一篇、兩篇，我開始寫新聞稿。稍微有一點信心了，電腦與網路卻像被推進城門的木馬，一夕之間就接管了我的城。我的心事被迫要一指一指，笨拙地鍵入數位的世界，我起初十分不習慣，感覺文字瞬間失去了溫度。那還要堅持嗎？

後來馬克・祖克柏（Mark Elliot Zuckerberg）說網路是我們的臉，也是我們的書，Facebook突然成爲世人讀取文字的最大場域，我怯生生地把中年人的心事放上去，沒有人會退我稿，而且只有人按讚，沒人按「爛」（因爲沒這個選項），那我就再堅持一下吧。

兩年前暑假，女兒考上大學那天，我四十七歲了。我把對女兒教育的實驗，寫了九百字，PO在臉書，不久一百、五百，按讚的人數超越我的朋友數；然後一千、五千，按讚的人不知從何而來。我心中狂喜，好像作文簿被貼在教室布告欄一樣，此後一週的生活像坐雲霄飛車一樣，最後車子停在一萬六千五百個讚的雲端，此時有個聲音穿過雲層：「稿子整理一下，出書吧。」

那是第一本書，二刷、三刷、四刷……一切來得很不眞實，我好像高中時突然進入老師的光環中一樣，有點不知所措。但我知道人生就是這麼一回事，雲霄飛車總是要下來，但只要堅持下去，就有機會再坐一次。只是沒想到，這個樂園裡，還有更刺激的雲霄飛車，去年應四家媒體邀請開了專欄，又有了第二本、第三本、第四本的出書計畫。而且指導的校刊，三年內拿了兩次全國第一。我又想起帥學長說的：「總是要堅持。」

上個月在臉書上看到帥學長的訊息，知道他通過黨內初選，要在年底參選立委。帥學長以清廉掛帥，大家都知道今年是他勝算很大的一年。支持者紛紛在他的臉書留言，我也跑去湊熱鬧，在他的動態留言：「學長，國會一直是臺灣政治的亂源，堅持清廉者幾希，但學長，我相信你，堅持下去，你做得到！就像三十多年前，你也如是期許我，讓我們一起堅持下去吧！」

# 請詛咒你的退路

「不虞匱乏」不是生命初期的最佳狀態，反而處處匱乏的時候，我們才會明白，造物者將我們的眼睛放在前面，原來就不是要我們一直往後找退路。

擔任集團總裁的高中同學C，常和我聊起職場上的有趣見聞，前一陣子他談到一位可堪造就的碩士生，在應徵當日，他的父母親也跟來了，父親繞了工廠一圈後，發現員工忙碌異常，不禁抱怨：「這家公司很操喔。」母親則是不斷詢問，是否可以固定休週六、週日？

「結果在報到當日，碩士生就打電話來說身體不舒服，最後根本沒來報到。唉，不能怪他，要怪就怪他的家庭提供他太舒服的退路。」C有感而發地說：「學歷高的人一堆，但千軍易得，一將難求。要找到打硬仗的強將，大部分背景像我們當年一樣，是沒有退路的人。」

C當年和另外兩位同學合資創業，當公司遇到難關時，還有其他出路的兩位同學先退股了，C生長在食指浩繁的大家庭裡，不可能從家中取得任何奧援，只好忍痛向銀行借錢，吃下股份，孤軍奮戰。他每天早上七點半到公司，和工程師把所有的機器都測試調整一遍後，才放心開工。公司獲利後，總經理到外面開一家一模一樣的公司，卻因爲達不到他的良率，也倒了。每次我讚美他的成就時，他總是謙虛道：「我的頭腦和能力沒比他們強啦，我只是像阿信一樣，沒有退路。」

我和C的頭腦眞的都不是一流的，因爲高中時，我們的成績都是班上的「啦啦隊」，大考成績反映實力——我們都考砸了。我考上私校，C則必須重考，但重考一年，還是上私校。

現在兩個快五十歲的中年人，見面時最常聊的，不是做過什麼豐功偉業，而是現實的大神要我們繳械時，我們如何死守城池，沒被殲滅。我們得到的結論都是——我們認清自己沒退路了。

十九歲那年，如果我的老爸沒宣告破產，我不會心甘情願當沖床工人；二十四歲時，如果不是體認到一輩子買不起臺北的房子，我不會回到中部重新學英文；三十三歲那年，如果不是飄進教室的濃煙已經占據了黑板，我不會衝出去搞一些奇奇怪怪的「運動」；四十四歲時，如果不是受不了學生怠惰掃地的劣習，我不會重新拿起停了二十年的筆。

如果今天我能做出一點兒事，都得感謝我當年自覺「沒有退路了」。然而在彈盡糧絕、天地不應的窘境時，我也曾自怨自艾，羨慕那些有「富爸爸」當靠山的同儕，直到我在曼谷的酒吧，遇到了來自瑞典的Moses，我才停止抱怨。

那晚被曼谷的友人拖去喝小酒：「這家店外國人多，你英文好，比較不怕。」酒過三巡後，金髮藍眼的Moses出現了，他指著桌上的泰國生蝦：

「Hi, guys, this tastes really good.」我們請他吃了蝦，各自介紹了自己後，Moses突然提出借錢的要求。當下我瞭解到Moses像一般的歐美年輕人一樣，到亞洲尋找「刺激」、「異國情調」，甚至是「生命的意義」，但錢花光後又捨不得離開。

「我給你五百泰銖，但你必須告訴我你的故事。」

「Deal!」Moses接受了我的提議。

「我來自瑞典，一個福利很棒的國家，不用上班，政府每個月給的一・三萬克朗（約五萬臺幣）救濟金就可以讓我不愁吃穿，但我也被要求要去上大學，或學一項技能。」

「哇！好棒！」我和友人驚呼連連。

「也不用太羨慕我們，生活太安逸讓許多人質疑，那上帝要我幹什麼？想不通，有人就自殺了。瑞典每年有兩千多人自殺，是世界上自殺率最高的國家之一。」

花五百泰銖買Moses的故事，我覺得很划算，因爲他讓我思考，我心目中一直以爲的「北歐天堂」可能不是眞正的天堂，這世界上一定有比物質更重要的東西，但那是什麼？

這些年我一直思考，爲什麼有些朋友占高位、領高薪，卻每日愁眉度日，但有些得了絕症、倒數生命的朋友，仍然是快樂的發光體？

去年聖誕節我收到Moses的mail後，似乎找到了答案。

Vincent：

收到我的信，你一定很意外，但因為今天是感恩的日子，我覺得應該要為你當年借我錢說聲謝謝，所以我找出了你給我的名片，看到了你的mail address。

我現在在挪威工作，因為瑞典這幾年失業率很高，我大學畢業也找不到工作，決定不再依賴救濟金，到薪水高一點的挪威工作，其實說高也還好，因為這裡物價水準高，扣掉房租和生活開銷後，能存下來的錢實在不多。

但我活得比以前快樂多了，因為我現在花的每一分錢都是自己創造的，也交了一位挪威女朋友，因為她覺得我是一位務實的人（我以前好爛，哈！），還是要說聲謝謝你，我亞洲的朋友。

Moses

這位北歐的年輕人讓我知道，原來「創造」比「擁有」更重要。擁有再多物質，如果沒有創造，生命就失去了意義。

去年我看到臺灣自殺率上升的新聞，上網也看看Moses的祖國，曾經自殺率也很高的瑞典，結果看到令人訝異的結果，臺灣的自殺率竟然上升到世界第二十四名，而瑞典現在是四十四名。想不到經濟被逼到絕路的瑞典人，竟然更能發現生命的意義。

反觀臺灣同胞正陷入瘋狂的財富遊戲中。問許多炒房的朋友：「爲什麼需要買那麼多房子？把房價炒高了，下一代不是更買不起房子嗎？」

「就是因爲下一代更買不起房子，所以我趕快先替他們買起來。」

友人的答案似乎有道理，但我想到前幾年報上看到的一則新聞，一位在美國取得碩士學位的高材生，在犯下殺人案後，對記者的發言竟是：「我恨我的父母親，因爲他們替我付了學費，連房子、車子都替我先準備好了，那我生命還有什麼奮鬥目標？」

原來「不虞匱乏」不是生命初期的最佳狀態，反而處處匱乏的時候，我們才會明白，造物者將我們的眼睛放在前面，原來就不是要我們一直往後找退路，而是要我們被絕境逼出潛力後，正視前方，創造自己的出路。

那個聖誕夜，我回信給Moses：「我現在才想起，你的名字和《聖經》中帶猶太人出埃及的先知摩西一樣。或許你的父母早就預見，你日後會被生命逼到絕路，但憑著勇氣往前走，連紅海都會分開，替你開出一條路。所以從今天起，讓我們對『匱乏』心存感恩，然後別過頭去，不再留戀那些齧蝕創造力的退路吧！」

# 到地獄救人去

去年衛福部推估臺灣有多達二十餘萬人用毒，一個國家有超過一個百分點的人非法濫用藥物，其中又以年輕族群為最大宗，我們怎能不心急！

「兄弟，我們到地獄救人去！」死黨石頭在獄中整整待了八年，出來後，他變了一個人。

「救誰？」

「救正被這個世界慢慢往地獄推的年輕人。」

我知道石頭在講什麼了。他才出來兩個月，我們幾個高中死黨就迫不及待聚了幾次，聚會時，石頭不斷重複他在獄中的見聞：「四年前在監獄工廠，吸毒犯不到三分之一，但一年前已增加到二分之一強，現在臺灣的監獄都被煙毒犯塞爆了，難道你不知道現在毒品滲透到校園有多嚴重嗎？」

我知道，因為一位當「大哥」的親人在過年時也跟我聊過毒品：「我答應你絕對不碰毒，但我底下的小弟和小姐很少不碰毒的。現在的兄弟和以前不一樣了，有錢才是老大，而搞錢最快的方式就是賣毒品。要賣得多就得找下線，下線哪裡找？當然是校園。兄弟會先吸收國中以上的學生，先讓他們吸上癮，等到零用錢不夠買毒了，只好『下海』賣毒給同學，很快一個學校就淪陷了。」

大學同學、電影導演C上次會面時，曾憂心忡忡地說：「我到南部一所監獄拍片時才發現，裡頭關了幾百個愛滋病患者，幾乎都是走水路（指毒品靜脈注射）共用針頭引起的。」

「一碰毒品，幾乎就救不回來了，」當警官的死黨曾開玩笑說：「十個煙毒犯有九個會回籠，另一個是死在外面。」

石頭一開始在獄中有嚴重憂鬱症，認爲自己罪孽深重，百身莫贖，也從不相信自己能活著走出鐵窗，但他有了宗教信仰之後，時常想起二審開庭時，林姓女審判長義正詞嚴地告訴檢察官：「本案不是判多重的問題，而是應爲國家留一個人才，讓他出獄後爲國家和社會多做點事，來彌補他所犯的錯。」

出獄後，石頭去找在獄中幫助他最多的更生團契黃明鎭牧師，一起協助輔導年輕的更生人，這才發覺毒品是傷害下一代最大的惡瘤。石頭覺得幫助這群誤入歧途的年輕人走回正軌，是他現在責無旁貸的天命。

其實這幾年當局不是沒看到沉痾，也不是不想做點事，教官室的「紫錐花」實施有年，各校驗尿、反毒慢跑、反毒海報、反毒熱舞、反毒球賽，從來沒停過，但吸毒人口卻在這幾年直往上飆。一位國中的畢業生曾告訴我：「我們學校整個淪陷了，學生都知道誰在吸毒，只有老師不知道。吸毒的男同學上高中後容易被幫派吸收，女生則容易走上特種營業，或被特種營業用毒品控制，一輩子翻不了身。」

學者但昭偉認爲品格教育失敗，其中一個原因是「品格教育推動者大多沒壞過」。但石頭團契中的更生人，因爲「壞過」，懂得學生染毒的過程，也更能現身說法，將一腳踏進地獄的年輕染毒者一個個救回來。

所以，既然做了那麼多年的慢跑、海報、熱舞、球賽都遏止不了下一代失速地往毒品靠攏，我們是否可以讓更生人或因吸毒而差點毀掉一生的人走入校園，告訴（或驚嚇、制約）學生們：「下地獄的代價，遠非他們可以承受。」

石頭一直想起審判長講的另一句話：「國家要培養一位人才不容易，要毀掉一個人卻很容易。」現在已經到了一代人快被毒品毀掉的時候了，去年衛福部推估臺灣有多達二十餘萬人用毒，一個國家有超過一個百分點的人非法濫用藥物，其中又以年輕族群爲最大宗，我們怎能不心急！

面對從毒品、幫派到整個世代的沉淪，整個國家像正打敗仗的軍隊，我們眞的不能再沿用過去失敗的戰術，或許該是校園開始與更生人合作的時候了。曾經碰撞過地底的石頭，其實都是強度最夠、最能引導年輕人從歧路調頭的領路人！

所以，明日起讓我們改變戰術，一起到地獄救人吧！

# 拔什麼河？

## ─高貴的靈魂，是自己尊重自己。

講到臺灣拔河，我們知道女子拔河隊拿到世界冠軍，但你知道我們的男子隊在二〇一四年也拿到世界冠軍嗎？

或許你曾在新聞中看到這個訊息，但你知道二〇一二年世界盃，臺灣男子隊打敗亞軍蘇格蘭、季軍英國與殿軍愛爾蘭，五連勝後對北愛爾蘭（後來的冠軍隊），第一局獲勝後，被外國裁判判定失格，硬生生拔掉冠軍嗎？

和我一起創立校刊社的學生徐意喬拍了紀錄片《拔什麼河》，記錄了這段血淚史，我看完後哭爆了，爲什麼拿一條莫須有的理由（鞋底不能噴清潔劑）就把臺灣男子拔河隊歷史上第一面世界金牌拔掉？每位選手都哭了，不甘願啊！（怎麼又是臺灣？）你知道競技選手拚一輩子可能只有一次機會奪冠嗎？但是教練要大家排好隊，對每一個方向的觀眾九十度鞠躬三秒，心裡只想一件事：兩年後，我要把屬於臺灣的要回來！

二○一四年的最後一天晚上，我終於見到了這位打落牙齒和血吞的教練，小我十屆的高中學弟陳建文。我們聊了一夜，聊關於他與拔河、國旗與國歌的故事。

建文一九九九年當拔河選手，在愛爾蘭比賽時，因爲中國抗議，比賽前被迫撕去衣服上的國旗，他一邊哭一邊完成比賽。之後每次出國，他一定想盡辦法把國旗和臺灣的名字穿在身上。

二○一二年世界盃，建文成爲國家男子拔河隊教練，訓練五年的臺灣隊在金牌戰被老外裁判長拿掉冠軍後，隊員中，有的人獎學金被取消；有的人工作不穩定；有的人不顧健康爲比賽快速升降體重，身體吃不消，因此一半選手受不了打擊決定退出，還有人二頭肌斷裂，整個團隊就要解體。建文把隊員一個個勸回來，但還不能練習。他說：「沒有心就沒有力。」於是帶著選手讀尼采，要他們知道「高貴的靈魂，是自己尊敬自己」。

因爲拔河是力矩的比賽，東方人天生身材居於劣勢，建文硬是用國際體育人少有的數理能力，利用力學研發出五種新的拔河技術，以及十三種針對不同隊伍的戰術，讓力量利用率達到史無前例的八成，因此，就算西方人在過磅後吃到體重比我們還重三十多公斤，但他們力量利用率只有六成，臺灣隊仍然有勝算。問建文祕訣在哪裡？他說：「要感覺到所有人的力是在同一直線上，才不會彼此消耗掉。」

然後二〇一四年，我們又站在愛爾蘭的土地上，臺灣隊一路打敗蘇格蘭、北愛爾蘭、中國、愛爾蘭、西班牙，最後冠軍賽力克英格蘭（一九九七年到二〇〇六年世界連霸的冠軍），以完勝之姿獲得金牌。這讓我們相信，有個國家從哪裡跌倒就從哪裡站起來！它的名字叫臺灣！

在電視上看到這一群忍辱負重兩年的大男孩，讓國旗歌在愛爾蘭大聲放送時，我眼睛的洋蔥多到不行，平常聽到爛的歌詞，這時比八點檔還要催淚。好喜歡那種有力氣的感覺，管他臺灣國或中華民國，早就同一心，打棒球時都揮舞著青天白日滿地紅的國旗；經濟受創時一起吃苦，國家排名上升時下巴一起抬高。

那是種充滿愛的感覺，願意為旁人多做一點，願意為彼此犧牲，忘了問對方是什麼顏色，這讓我想起十六歲的Y，他非常害怕失去這種感覺。

Y是校刊主編，一個你搞不清他的大腦想什麼的高二學生，但那天他在臉書留言：「記得國小一、二年級時，我是班上唱國歌最認真的。每次升旗時間站得筆挺，連敬禮都要用力繃緊手部肌肉，昂頭伸頸，為了看國旗升到旗竿頂的瞬間。但漸漸覺得有點不對了，國歌？國旗？好像都有點怪怪的。什麼是我愛的故鄉？中華民國？臺灣？國旗歌？國父？」

我嚇到了，沒想到大人的論戰已造成下一代錯亂，其實我現在也很苦惱，因爲周圍的朋友各有立場，總能講出一番大道理，然後把另一方罵得狗血淋頭。你覺得大家都很愛國，卻搞得下一代不知如何愛國。

你知道年輕人愛國起來有多可愛嗎？每次帶學生到國外，只要看到自己的國旗就又叫又跳。二〇一二年在波士頓姊妹校，朝會時全體起立，不管白種人、黑種人都注視著我們的國旗，聽我們的孩子大聲唱國歌，唱完後，每一個學生竟然都對我講相同的話：「奇怪，爲什麼在國外聽到自己的國歌會想哭？在國內卻一點感覺都沒有？」

這些孩子來自不同的家庭，父母有深綠也有深藍，但臺灣主權獨立，大家使用共同語言，遇到外國人，孩子講的語言都一樣：We are from Taiwan. We are not a part of China.

他們和亙古年輕的靈魂一樣，走出世界時需要一面旗，告訴別人自己的來處；在快沒力氣時需要一首歌，一起大聲唱就又有了力量。但一位初任國中校長的老朋友感嘆道，現在許多中小學已取消朝會時唱國歌或升旗的程序，當她堅持時，同仁笑說：「校長，什麼時代了，現在沒人唱國歌了！」

Y留言的最後是：「愛是希望所愛更好。就算把愛放在保溫壺裡，總有一天還是會冷掉，得不斷地煮滾，添些新愛，才能一直一直愛下去。」眞的，不能冷掉，我們得再添些新愛，再煮滾。

在二〇一五年的第一天，新年的元旦，我和建文南投高中的同事起個大早，一起在總統府前等待黎明，一起升旗，唱同一首歌，就像建文說的：「高貴的靈魂是自己尊敬自己，沒有心就沒有力，臺灣隊的唯一勝算，是要感覺到所有人的力量在同一直線上，不彼此消耗，然後，1、2，1、2，世界最大的力量就會匯集到我們這裡……」

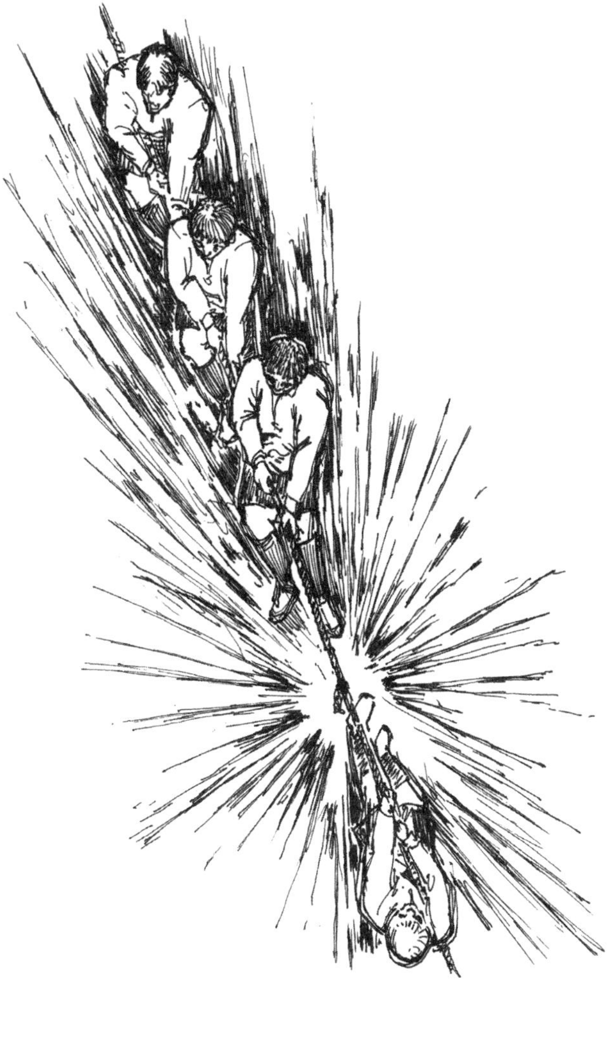

# 當一條乾淨的鯰魚

在鯰魚追逐下，魚槽裡的沙丁魚拚命游動，激發其內部活力，因而存活下來。

這是爵士音樂節最後一晚，草悟道擠到爆。我和妻只想逃出人群，這時聽到一個小女生站在肥皂箱上，對著燥熱的晚風自言自語：「動物也有生命權……我們要共同建立一個不受汙染的環境……」她大概是今晚最寂寥的表演者，因爲聽眾是零。

從市民廣場繞回來，小女生仍繼續慷慨激昂，但前面多了一個聽眾，我停下腳步，這個聽眾連忙給我一份傳單（哈哈，原來眞正的聽眾只有我一個）。小女生高舉右手：「請支持有理想、有堅持的新生代候選人。」這太有趣了，小女生要選市議員！她只有二十三歲，剛過年齡門檻。我問她哪裡來的勇氣？

「看到臺灣政黨僵化的體制，看到一堆懸而未決的問題，我們年輕人一定要跳出來，從體制內改革。」好大的口氣，但不禁想，誰會選她？

爾後我選了一天中午，特地驅車拜訪她，永興街市場裡窄仄陽春的競選總部是租來的，但一堆年輕志工的熱情是自己的。有風時，小小的競選旗幟一樣迎風飛揚。牆壁上大剌剌的阿拉伯數字「4」告訴大家，成績揭曉的日子要到了。

當我知道當選門檻是一萬五千票，不禁倒抽了一口涼氣，問他們是否有信心。「有，這裡的首投族有三萬人。」但年輕人會回鄉嗎？回鄉會投她嗎？只有飄在空中的理念票，我不敢設想開票時他們的表情。

若選上會永保純眞？永遠堅持初衷？知道地方議會工程分配款的陋習嗎？願意永遠不出賣靈魂交換利益嗎？眼神篤定的候選人猛力點頭。我問：

「若落選，願意四年後再來一次嗎？」女孩清澈的眼神有一絲茫然：「我現在眞的沒辦法回答這個問題，現在只想打好這一次選仗。」

她眞的有太多無法回答的問題，票數若未過選舉人的五%，二十萬保證金就會被沒收，已戰到最後一刻，小額募款的三十萬元也早已透支，二十三歲的她在等待市民給的回答。

四天後結果揭曉，總得票數：六千七百八十四票，得票率八．八一%，漂亮衝過關卡，保證金不會被沒收，但離當選門檻仍遠。

二〇一四年的九合一大選是臺灣邁向清廉政治的起點，因爲標榜清廉的政治素人可以當選首都市長；經營臉書粉絲專頁服務的二十六歲中壢人可以靠二十六萬人按讚當選市議員；甚至小女生同黨的二十九歲竹科工程師，在記者搖頭說「勝選機率是零」的情形下，竟然在短短三個月時間擊敗了最大黨的候選人，成爲集集鎭鎭長。

這位新鎭長的選舉標語是「讓我們年輕人做一點事」，眞的，這個世界正期待年輕人爲大家做一點事，像剛當選希臘總理的齊普拉斯（Alexis Tsipras）才四十歲，最可能翻轉西班牙政治的「我們可以黨」的黨魁格雷西亞斯（Pablo Iglesias）才三十六歲。

政治上，年輕人就像鯰魚。當挪威人捕撈到深海沙丁魚，他們會在沙丁魚槽裡放進鯰魚。鯰魚是沙丁魚的天敵，出於天性不斷地追逐沙丁魚。在鯰魚追逐下，沙丁魚拚命游動，激發其內部活力，因而存活下來。

我年輕時也以爲年輕人上臺了，國家就有活力，但二十多年前，我們從街頭將年輕的神推向高位，然後他們受不了誘惑，長成失去理想的沙丁魚。今天我們再一次迫切地想在魚籃裡多放幾條鯰魚，來解決世間的沉痾。

敗選後問小女生；「四年後再來嗎？」她深思熟慮後點點頭。這一陣子在網路上看到她仍持續關心市政議題，顯現未來參選的決心，衷心期待小女生四年後成爲亮眼的大女孩，然後永遠當一條乾淨的鯰魚！

# 留一座花園

對父親念念不忘，我輩亦應如是。我們不該忘記，一生受難、一生創作、一生以家國為念的偉岸精魂——楊逵。

「3、2、1，開機！」

導演一聲令下，義務幫忙的東海大學生，在小雨中開始繞著一位耆齡老翁走位。微佝的老翁好像被時間遺忘，任憑青春的生命在眼前無聲過往。他是一位高工退休老師，單名「建」，在國家分崩離析時，他的父親以他的名字期許國家走出殺戮與仇恨，走上「重建」之路。

他今年已七十九歲，而他父親離世那年也是這個年紀。

「卡！」就讀高中的導演興奮地大喊：「楊建老師太棒了，一鏡OK，完全就是我要的『被遺忘』的感覺。」這時東海的學生高興地圍過來合照：「我們國中時在課本上讀過〈壓不扁的玫瑰花〉，想不到現在可以和作者的親人合影。」

拍完照，我用力握著楊建老師的手：「老師，謝謝！老師，辛苦了！」我沒有想到一個長者願意在斜風細雨中，聽令一個孫子輩的高中生指示走位。

「不辛苦，不辛苦。」楊建老師謙虛道：「都是爲了楊逵兩個字嘛。」是的，我們今天共淋這場雨，都是爲了在這個都市蟄居五十年、臺灣新文學的鼻祖、進入日本中央文壇的第一人——楊逵。但楊建老師曾經非常不諒解這個名字「楊逵」，是他最親密的陌生人。

在楊建老師所作〈一個支離破碎的家〉文中提到：「民國三十八年四月八日，房子都還沒有蓋好，父親就因爲起草〈和平宣言〉一文，呼籲各省籍同胞互信互愛而鋃鐺入獄，還謫綠島，開始長達十二年的孤苦生涯。另一方面，家中因爲父親獲罪也陷入了困境，大姊、大哥和我都輟學在家……家中又無分文積蓄，所以只得自己做醬油、豆腐，沿街叫賣……我們雖然沒有一起牽連入獄，卻在現實生活中到處碰壁……」

但是在楊逵先生逝世（一九八五年）一年後，楊逵爲家人一字一淚寫下的〈綠島家書〉終於輾轉回到楊建手中，覽畢，他感覺那個溫煦如春日的父親又回來了。他說：「翻看這些家書時，第一次覺得父親的愛像陽光一樣暖熱了我的心，文字雖然含蓄卻如此眞實。是的，什麼宇宙大愛、社會關懷，如果不能從身邊開始，只不過是一些經過包裝的裝飾品。」

手頭並不寬裕的楊建老師一心孺慕，想把父親的愛化爲宇宙大愛，他想把地價上千萬的楊逵東海花園舊址捐給政府，成立「楊逵文學花園」，讓這座楊逵俯仰行臥，鍾愛半世紀的文化城，多一個可碰觸的文學氣場。

然而市府對此案延宕十餘年，甚至在二〇〇九年將東海花園規劃爲殯葬用地。今日與人齊高的雜草，淹沒了當年的花圃，昔日楊逵先生親手搭建的房子業已頹圮，目前尚存楊逵夫婦墓，墓旁鑲嵌楊逵先生一生的理想——〈和平宣言〉：「我們相信，以臺灣文化界的理性結合，人民的愛國熱情，就可以泯滅省內省外無謂的隔閡。我們更相信，省內省外文化界的開誠合作，才得保持這片乾淨土，使臺灣建設上軌，成個樂園……」七十七個寒暑後，墨香猶存，今日重讀仍字字鏗鏘，擲地有聲。

我和學生拍完影片，計畫推動一連串活動，冀望喚起重建東海花園的計畫。如同楊建老師的女兒楊翠教授所言：「日本歌人石川啄木出身岩手縣，二十七歲辭世，但全日本計有一百四十座石川啄木的歌碑。奧地利裔德語作家里爾克（Rainer Maria Rilke），曾在西班牙南方小山城隆達住過幾個月，投宿維多利亞女王飯店，飯店中還有里爾克銅像和紀念室，隆達有一條街，街名就叫里爾克街。」但臺中市卻不願意爲一個文學活動以臺中爲母胎的世界級作家，留一座花園？

七十九歲的楊建老師已爲這個理想奔走幾十年，問他累嗎？問他捨得千萬元的土地嗎？他苦笑搖搖頭說：「哎，因爲楊逵兩個字啊！」對父親念念不忘，我輩亦應如是。我們不該忘記，一生受難、一生創作、一生以家國爲念的偉岸精魂——楊逵。在二〇一五年，楊逵先生逝世三十週年，大家一起努力讓東海花園重生，也讓世世代代所有芳香的玫瑰花，仍鮮豔地綻放世人面前，殘香猶留天地間！

# 笨死的美國人

漢密爾頓在總統選舉時，因為認同傑弗遜是更好的人，而不支持同黨的候選人伯爾，結果伯爾找他決鬥，漢密爾頓因此中槍死亡。

一七七〇年，波士頓大屠殺，英國士兵殺了五位平民，一心想搞獨立的約翰．亞當斯（John Adams），竟然擔任英軍辯護律師，還用力打贏了這場官司，結果除了兩名開槍的士兵在手指上烙印外，其他英軍都無罪釋放。

這幾天波士頓姊妹校來臺參訪，曾在美國熱情招待我的Linda老師也飛來了，我覺得好興奮，趕快提出心裡長久的疑問：「美國人當時恨死了長相矮胖的約翰．亞當斯，為什麼還要選他當第二任總統？」

「他眞的不受歡迎，」懂六國語言、學識廣博的Linda微笑說：「本來輪到他起草〈獨立宣言〉，但他自己說：『我是討人厭的傢伙，換別人吧！』最後才由湯瑪斯・傑弗遜（Thomas Jefferson）完成。其貌不揚的他，心胸寬大，總是將公益放在私利之前，竟然把成爲『美國國父』的良機，拱手讓給他一生的政敵——那個太專注、太孤僻、有點亞斯伯格症傾向的傑弗遜；而且之後還願意躲在幕後，與富蘭克林（Benjamin Franklin）幫忙修改四十多處宣言。所以雖然大家私底下不喜歡他，還是認同他是好人，十六州中，九州把票投給他當總統。」

「這太不符合人性了，人不自私，天誅地滅，公利怎可能壓過私利？對臺灣人而言，只要是政敵，捉住辮子一定打到趴爲止。」

「你知道金恩博士（Luther King）吧？」

「當然知道，他是黑人人權領袖，他的演講稿〈我有一個夢〉被編進臺灣的英文課本。」

「美國當時的情報頭子胡佛（John Edgar Hoover）恨他入骨，所以把監錄金恩博士與婚外女性偷情的錄音帶寄給全美幾百家報社，但是沒有任何一家公布，即使是討厭金恩博士的報社也沒有。」

「哇！這怎麼可能，在臺灣只要是獨家就有賺不完的錢，他們怎麼捨得不窮追猛打？」

「Vincent，這就是你剛剛講的，他們考量的是，黑人人權運動不能死在他們的私利追求上。」

我太感動了，想到前幾天讀過美國另一開國元勛——建立美國財稅系統、印在美金十元鈔票上的漢密爾頓（Alexander Hamilton）。我說：「聽說漢密爾頓在總統選舉時，因爲認同傑弗遜是更好的人，而不支持同黨的候選人伯爾（Aaron Burr），結果伯爾找他決鬥，漢密爾頓因此中槍死亡。」

「是的，不支持同黨的結果，不僅搞得眾叛親離，還因此失去性命，他才活了四十九歲。」

「唉，我現在也是四十九歲吔，漢彌爾頓槍法差嗎？」

「不，漢彌爾頓在獨立戰爭時自組炮兵團；美法對戰時是新軍的指揮官。他是嫻於槍法的戰將，但他在決鬥前一晚的日記寫道：『我知道我是不會開槍的……』。」

「好笨！好笨！漢彌爾頓爲何不開槍，對於自己恨的，或是恨自己的人，抓到機會一定要開槍，還需要去考量這個人以前做過多少好事嗎？在臺灣，一個再好的人只要做錯一件事，不僅媒體開炮，全民也會一起亂槍掃射，打到他不能做事爲止，搞得一國菁英人人中槍，全民爽嗨了，終於實現眞正的『民主』，你們美國人只想到公利，只想保護好人，這實在是太……太奇特了（其實我本來是想講愚蠢的）。」

Linda只是優雅地微笑，沒有回答我，但我整天腦中盤旋著讓「國壓過黨」，結果「笨死」的美國人，我一直想問……

漢彌爾頓，你爲何不開槍？

# 做好生命的防守

彷彿只在昨天才和你說再見
怎麼這樣眨一眼　已經過了許多年
你的一切都改變　再也不像從前
那帶笑的嘴邊　皺紋已呈現——民歌〈闊別〉

「蔡老師，你會原諒他們嗎？他們犯錯時是那麼年輕。」

眼前發問的大男生L身高接近一百九十公分，他曾是中華職棒的強投，曾拿下勝投王、防禦率王和年度MVP，生涯防禦率更是低到令人咋舌的一．九，也就是說讓他投九局，只會丟一．九分，他是中華職棒史上「防禦」最好的選手之一。

但我們今天談的重點不是他的豐功偉業，而是兩位和他最要好的天才型投手。一位是高中大他一屆的學長C，創下臺灣球員日職簽約金最高紀錄，曾以連續二十八局奪三振，成爲「日本職棒連續三振局數」的紀錄保持人。另一位是T，「他是天生的投手，明星中的明星。」L用近乎崇拜的口吻形容T，T也是臺灣首位登上美國職棒大聯盟的投手。

然而C和T都因涉賭，在生涯高峰遭永久禁賽。

「桌上一邊擺的是槍，一邊擺的是你一年的薪水，還有一身香水味的美麗女子依偎。當世界用最誘人的視覺、嗅覺和觸覺鼓惑你用一場球交換，你的靈魂再怎麼強都會點頭吧？蔡老師，他們那時還那麼年輕！你會原諒他們嗎？」L講得不捨，讓我一顆心揪在一起。

我也有太多的不捨，不捨身邊的新星因爲抗拒不了黑洞般的引力，一顆顆被吸進去，從此失去發光的機會。

譬如在海關任職的B，和在警界服務的M，他們的部門長期收賄，如果加入「傳統」，每個月可多領半個月的薪水，不加入就要被調職。所以他們「融入」了、「習慣」了，等到東窗事發，不僅被拔掉公職，失去一生清譽，還命繫囹圄，那時他們都不到三十歲。他們，都曾是我清清白白的學生。

誘惑，什麼形態都有，但一樣噬人，譬如被佛洛伊德（Sigmund Freud）奉爲大神的「性的驅力」和哈姆雷特（Hamlet）的「復仇欲望」。那個襖熱的夏日，死黨石頭顫巍巍立在他們跟前，因爲靈魂的重量不足，被拉了進去，一進去就是鐵窗八年。

「我沒想到自己能夠活著出來。上這一堂課，好貴呵！」同學聚會時，往事前塵積壓在石頭的喉頭，他的聲音降了十六個key：「我被拔掉律師資格，失去了婚姻，還錯過了兒子最寶貴的成長時光，剛進去時他還是個黏爸爸的小學生，現在已是個高三大男孩。我上的這一課，你們要懂。」

「記得要遠離身旁的誘惑。」上次會後，石頭如是祝福我們，因爲他知道我們終生都在練習抵抗誘惑。

那天聚會回程，我握著方向盤，往事霸圖如昨。我想起三十年前，石頭拿著吉他，撥著鋼絃，唱著〈大海邊〉和〈木棉道〉的單純快樂。那是心靈的桃花源，再次造訪竟已不復尋。這些年，一個個朋友在誘惑大神的追趕下，相繼點指，成爲石人，再也發不出那年青春單純的聲音。

青春，可以如此單純，也可以如此複雜；可以如此遼夐，亦可以如此短暫，短暫到只要一個錯步就是永別。青春就像民歌〈闊別〉的最後兩句歌詞：「青春已消逝，成了過眼雲煙，曾許下的狂言，是否都已實現？」

C和T，哪一個不狂勇，他們敢站在投手丘上與全世界強棒對決，爲中華隊拿下一場場國際賽的勝利，但當他們與誘惑對陣時，竟敗下陣來。

「蔡老師，你會原諒他們嗎？」那日回答L我會原諒，但這個世界卻無法原諒他們。他們球場上的防禦率再低，一旦靈魂的防禦沒做好，生命這一場最重要的球賽，終究失敗。

L曾經在臺灣涉賭最深的球隊打球，但他不像C和T一般，輕易交出生命的球權，他仍是我心目中「防禦率」最低的投手，所以身旁美麗的女子決定與他「廝守」一輩子；還有他身旁的經紀人，我的學生Renee，被他單純而強大的靈魂所感，在L爲國家苦戰韓國，三振十人，卻換來幾乎結束運動生命的傷害後，決定守護他一輩子。

誘惑再大，都比不上付出的代價大；抗拒誘惑的力量再微小，日後換得的回報都不小。青春一眨眼就是許多年，只需要一點點誘惑，一生就是過眼雲煙。所以，我把C、T和石頭都當成自己的生命導師，因爲我知道，這一生，每一天、每一刻都必須經歷誘惑的試煉，但我會學L，先做好防守，然後才會有眞正的進攻。

「曾許下的狂言，是否都已實現？」我深信，當我們能夠強大到防守生命的種種誘惑，曾許下的狂言終有實現的一天。

# 騎士們，保護騎士吧

## ——〈騎士宣言〉的第一條是：「我會善待弱者。」

二〇〇二年八月，報載臺中市一名商專女騎士，爲閃避並排停車遭公車輾斃，我拿著報紙問身旁的學生：「我們能做些什麼？」隔天我們印了兩千份「並排停車，可恥」的傳單，分組上街頭，夾在並排停車的雨刷上，有些商家和汽車駕駛對學生怒目相斥，但學生只是笑笑，回答：「爲了騎士。」

我們知道西方也有騎士，本是貴族的象徵，源自此階層的優越感，漸漸形塑出歐洲人民崇高的氣度風範，例如〈騎士宣言〉的第一條是：「我會善待弱者。」

真正的強者會善待弱者。一九一二年四月十四日那個冰山環伺的夜晚，鐵達尼號快沉了，當時世界首富亞斯特四世（John Jacob Astor IV）和世界第二巨富美國梅西百貨公司創始人斯特勞斯（Ida Straus），都拒絕上救生艇。他們都富可敵國，身上卻仍流淌著百年前祖先策馬執戟、扶貧濟弱的騎士血液，他們都用生命實踐了比生命更尊貴的騎士精神。而到今天，西方的騎士還活著，活在一個手無寸鐵的女性身上。

二〇一四年十二月，澳洲雪梨人質挾持案中，三十八歲女律師卡翠娜・道森（Katrina Dawson）在歹徒濫射時，以肉身撲向懷孕的同事，擋下了灼熱的子彈。卡翠娜的丈夫是律師事務所合夥人，父親亦是富豪，她已是世間權貴，但爲何在石光電火當下，她只想到同事腹中的生命，卻忘了自己也是生命，自己也有三個子女，都還不到十歲。

卡翠娜死了，騎士精神卻活了，活著召喚更多騎士。

我族兩千年前也有士，可以靠知識技能輕易地躋身權貴，但他們以蒼生爲念，願捨身而就義，他們是我族文化上的貴族。但士的精魂似乎迷路了，離散在歷史更迭的灘頭。今日「自認」貴族者，胯下無鞍，但有鐵皮鋼骨的四輪座駕，在店招酒肆前，停在今日騎士僅有的窄仄車道上，使騎士們必須在快車道閃躲競速。

臺灣近三年的機車事故死亡人數均超過一千一百人，最多的族群是二十到二十九歲、還買不起汽車的「騎士」。或許今日生活較尊貴的房車階級，可以反思西方「騎士」與我族固有的「士人」精神，體悟到眞正的貴族永遠願意爲弱勢多做一點。今日已不用犧牲生命，只要將車停在正確的位置，就可以給機車騎士多一份保障。

在沒有貴族的年代，我仍期待行爲上的貴族出現，他們願意多走幾步路，不並排停車，活出令人尊敬的「騎士精神」。

# 對的人才會認錯

新人哪有不犯錯的，但願意誠懇認錯的，可以表現出他「勇於承擔」、「願意學習」與「縮小自己」等三大特質。

空氣凝結，我在倒數計時。

六點三十分一到，我把所有遲到的學生擋在門口：「你們不知道晚自習開始的時間嗎？如果不懂得利用時間，你晚上留下來能念多少書？」

「我們籃球隊練球」、「我們熱舞社剛練完」、「今天老師留第九節加強」，學生你一言我一語，我不知道還要不要堅持。

「不要有理由，遲到就要受罰，現在進去收書回家念。」為了呼應同仁要我「硬起來」的要求，我決定堅持。

一位男學生用力撞開門，嘴巴念念有詞，就要去收書。「你給我過來，剛剛什麼態度。」

我扯開喉嚨使用威權恫嚇他，師生臉色都難看，這時我看到另一批「遲到大隊」接近，才知道剛剛被我斥責的學生還算是「早到」的，也才明白沒有充分溝通所下的命令都會有盲點。我決定不再堅持，放所有的學生進去念書，再和學生研擬出更「人性」的規定。

男學生背著書包，暗念一句國罵，就要衝出去。

「你不要走，過來。」

「老師要我走，我不能離開嗎？」

「等我說完對不起，你再走。」

「對不起？」學生被我搞迷糊了。

「我要說對不起，因爲第一，我決策錯誤；第二，老師不應該對學生大吼大叫。」

「蛤？」學生慌了，馬上卸除武裝：「老師，我才應該說對不起哩，我剛剛態度不好，還罵了一聲……」

「我有聽到，但沒關係，有誰不犯錯的。」

這個火爆的夜晚，最後有好萊塢俗濫電影的溫情大結局，兩個原本劍拔弩張的男人，最後棄甲曳兵來個擁抱，彼此微笑告別。

我不禁思考，先認錯的人，爲何可以取得領導權？

一位擔任主管的朋友曾告訴我他如何在一批新進人員中，挑出領導人。

「我找最敢認錯的那一個！因爲新人哪有不犯錯的，但願意誠懇認錯的，可以表現出他『勇於承擔』、『願意學習』與『縮小自己』等三大特質。」

「這不是我在研究所學到的『領導人三大特質』嗎？」我對他的解釋非常詫異。

「是啊！而那些死不認錯的人卻推卸責任、不願思考與自以爲是。」

朋友的話讓我想到在學校帶社團時，最害怕遇到死不認錯的同學，其實，只有不肯嘗試的人才不會犯錯，誠如IKEA創辦人坎普拉（Ingvar Kamprad）所言：「犯錯，是積極行動，是能從犯錯中學習者所獨享的榮譽。」

的確，認錯才是反省與學習的開始。反省並不是可恥的事，不反省的人才會讓人覺得可笑。

當那些不被看好的學生說出「這是我的責任，我錯了，請問我該如何彌補」時，我就知道，中了，又找到一員大將了。連大投資家索羅斯（George Soros）都說：「我的成功不是來自於猜測正確，而是來自於承認錯誤。」我們一般人真的不需要把認錯當作羞恥。

最近領導一個小團隊參加國際比賽，他們很明顯犯了一個嚴重的錯誤，我在社團網頁上留下一句話：「錯了就錯了，但誰可以告訴我，誰該負責任？誰要出來解決錯誤？」等了三天才終於有一個勇於認錯的同學回覆。

想告訴他們，這幾年臺灣人開始會以政治人物是否誠心認錯，當成檢驗品格的標準，新世代若想當未來的領導人，犯錯時，請在第一時間站出來說：「我錯了。」如此，你可能就是這個世界正在尋找的「對的人」。

人師系列 003

# 有種，請坐第一排

作　者——蔡淇華
主　編——邱憶伶
責任編輯——麥可欣
責任企畫——葉蘭芳
封面設計——葉鈺貞
封面題字——李思穎
插圖繪製——劉彥岑

董 事 長——趙政岷
出 版 者——時報文化出版企業股份有限公司
一〇八〇一九台北市和平西路三段二四〇號三樓
發行專線——（〇二）二三〇六六八四二
讀者服務專線——〇八〇〇二三一七〇五
（〇二）二三〇四七一〇三
讀者服務傳真——（〇二）二三〇四六八五八
郵撥——一九三四四七二四時報文化出版公司
信箱——一〇八九九臺北華江橋郵局第九九信箱

時報悅讀網——http://www.readingtimes.com.tw
電子郵件信箱——newstudy@readingtimes.com.tw
時報出版愛讀者粉絲團——http://www.facebook.com/readingtimes.2
法律顧問——理律法律事務所　陳長文律師、李念祖律師
印　刷——盈昌印刷有限公司
初版一刷——二〇一五年六月十二日
初版十四刷——二〇二二年三月四日
定　價——新臺幣二六〇元


時報文化出版公司成立於一九七五年，
並於一九九九年股票上櫃公開發行，於二〇〇八年脫離中時集團非屬旺中，
以「尊重智慧與創意的文化事業」為信念。

有種，請坐第一排 / 蔡淇華著.
-- 初版. -- 臺北市 : 時報文化, 2015.06
面； 公分. -- (人師系列 ; 6)

ISBN 978-957-13-6288-5(平裝)

855　　104008790

ISBN 978-957-13-6288-5
Printed in Taiwan